馬華文學批評大系：陳鵬翔

Malaysian Chinese Literary Criticism : Tan Pong Siang

陳鵬翔著

by Tan Pong Siang

元智大學中語系  二〇一九年二月

**Department of Chinese Linguistics & Literature,
Yuan Ze University, Taiwan.**

馬華文學批評大系：陳鵬翔

主　　編：鍾怡雯、陳大為

本卷作者：陳鵬翔

編校小組：江劍聰、王碧華、莊國民、劉翌如、謝雯心

出版單位：元智大學中國語文學系

　　　　　桃園市中壢區遠東路 135 號

電　　話：03-4638800 轉 2706, 2707

網　　址：http://yzcl.tw

版　　次：2019 年 02 月初版

訂　　價：新台幣 300 元

Malaysian Chinese Literary Criticism : Tan Pong Siang

Editors : Choong Yee Voon & Chan Tah Wei

Author : Tan Pong Siang

國家圖書館出版品預行編目（CIP）資料

馬華文學批評大系：陳鵬翔 / 陳鵬翔著；
鍾怡雯，陳大為主編. -- 初版. --
桃園市：元智大學中文系, 2019.02　　面；　公分

ISBN 978-986-6594-39-7(平裝)
1.海外華文文學　2.文學評論

850.92　　　　　　　　　　　　108001106

總序：殿堂

　　翻開方修（1922-2010）在一九七二年出版的《新馬華文文學大系（1919-1942）‧理論批評》，當可讀到一個「混沌初開」、充滿活力和焦慮、社論味道十足的大評論時代。作為一個國家的馬來亞尚未誕生，在此居住的無國籍華人為了「建設南國的文藝」，為了「南國文藝底方向」，以及「南洋文藝特徵之商榷」，眾多身分不可考的文人在各大報章上抒發高見，雖然多半是「赤道上的吶喊」，但也顯示了「文藝批評在南洋社會的需求」。[1]

　　這些「文學社論」的作者很有意思，他們真的把寫作視為經國之大業、不朽之盛事，披荊斬棘，開天闢地，為南國文藝奮戰。撰

---

[1] 本段括弧內的文字，依序為孫藝文、陳則矯、悠悠、如焚、拓哥、（陳）鍊青的評論文章篇名，發表於一九二五～三〇年間，皆收錄於方修《新馬華文文學大系（1919-1942）‧理論批評》一書。此書所錄最早的一篇有關文學的評論，刊於一九二二年，故其真實的時間跨度為二十一年。

寫文學社論似乎成了文人與文化人的天職。據此看來，在那個相對
單純的年代，文學閱讀和評論是崇高的，在有限的報章資訊流量中，
文學佔有美好的比例。

　　年屆五十的方修，按照他對新馬華文文學史的架構，編排了這
二十一年的新馬文學評論，總計 1,104 頁，以概念性的通論和議題討
論的文學社論為主，透過眾人之筆，清晰的呈現了文藝思潮之興替，
也保存了很多珍貴的文獻。方修花了極大的力氣來保存一個自己幾
乎徹底錯過的時代[2]，也因此建立了完全屬於他的馬華文學版圖。沒
有方修大系，馬華文學批評史恐怕得斷頭。

　　苗秀（1920-1980）編選的《新馬華文文學大系（1945-1965）‧理
論》比方修早一年登場，選文跳過因日軍佔領而空白的兩年（1943-
1944），從戰後開始編選，採單元化分輯。很巧合的，跟第一套大系
同樣二十一年，單卷，669 頁。兩者最大的差異有二：方修大系面對
草創期的新馬文壇氣候未成，幾無大家或大作可評，故多屬綜論與
高談；苗秀編大系時，中堅世代漸成氣候，亦有新人崛起，可評析
的文集較前期多了些。其次，撰寫評論的作家也增加了，雖說是土
法煉鐵，卻交出不少長篇幅的作家或作品專論。作家很快成為一九
五〇、六〇年代馬華文學評論的主力，文學社論也逐步轉型為較正
式的文學評論。

　　二〇〇四年，謝川成（1958-）主編的第三套大系《馬華文學大

---

[2] 方修生於廣東潮安縣，一九三八年南來巴生港工作。一九四一年，十九歲的
方修進報社擔任見習記者，那是他對文字工作的初體驗。

系・評論（1965-1996）》（單卷，491 頁）面世，實際收錄二十四年的評論[3]，見證了「作家評論」到「學者論文」的過渡。這段時間還算得上文學評論的高峰期，各世代作家都有撰寫評論的能力，在方法學上略有提升，也出現少數由學者撰寫的學術論文。作家評論跟學者論文彼消此長的趨勢，隱藏其中。此一趨勢反映在比謝氏大系同年登場（略早幾個月出版）的另一部評論選集《馬華文學讀本Ⅱ：赤道回聲》（單卷，677 頁），此書由陳大為（1969-）、鍾怡雯（1969-）、胡金倫（1971-）合編，時間跨度十四年（1990-2003），以學術論文為主[4]，正式宣告馬華文學進入學術論述的年代，同時也體現了國外學者的參與。赤道形聲迴盪之處，其實是一座初步成形的馬華文學評論殿堂。

　　一九九〇年代後期是個轉捩點，幾個從事現代文學研究的博士生陸續畢業，以新銳學者身分投入原本乏人問津的馬華文學研究，為初試啼音的幾場超大型馬華文學國際會議添加火力，也讓馬華文學評論得以擺脫大陸學界那種降低門檻的友情評論；其次，大馬本地中文系學生開始關注馬華文學評論，再加上撰寫畢業論文的參考需求，他們希望讀到更為嚴謹的學術論文。這本內容很硬的《赤道回聲》不到兩年便銷售一空。新銳學者和年輕學子這兩股新興力量的注入，對馬華文學研究的「殿堂化」產生推波助瀾的作用。

　　這四部內文合計 2,941 頁的選集，可視為二十世紀馬華文學評論

---

[3] 此書最早收入的一篇刊於一九七三年，完全沒有收入一九六〇年代的評論。

[4] 全書收錄三十六篇論文（其中七篇為國外學者所撰），三篇文學現象概述。

的成果大展，或者成長史。

　　殿堂化意味著評論界的質變，實乃兩刃之劍。

　　自二十一世紀以來，撰寫評論的馬華作家不斷減少，最後只剩張光達（1965-）一人獨撐，其實他的評論早已學術化，根本就是一位在野的學者，其論文理當歸屬於學術殿堂。馬華作家在文學評論上的退場，無形中削弱了馬華文壇的活力，那不是《蕉風》等一兩本文學雜誌社可以力挽狂瀾的。最近幾年的馬華文壇風平浪靜，國內外有關馬華文學的學術論文產值穩定攀升，馬華文學研究的小殿堂於焉成形，令人亦喜亦憂。

　　這套《馬華文學批評大系》是為了紀念馬華文學百年而編，最初完成的預選篇目是沿用《赤道回聲》的架構，分成四大冊。後來發現大部分的論文集中在少數學者身上，馬華文學評論已成為一張殿堂裡的圓桌，或許，「一人獨立成卷」的編選形式，更能突顯殿堂化的趨勢。其次，名之為「文學批評大系」，也在強調它在方法學、理論應用、批評視野上的進階，有別於前三套大系。

　　這套大系以長篇學術論文為主，短篇評論為輔，從陳鵬翔（1942-）在一九八九年發表的〈寫實兼寫意〉開始選起，迄今三十年。最終編成十一卷，內文總計 2,666 頁，跟前四部選集的總量相去不遠。這次收錄進來的長論主要出自個人論文集、學術期刊、國際會議，短評則選自文學雜誌、副刊、電子媒體。原則上，所有入選的論文皆保留原初刊載的格式，除非作者主動表示要修訂格式，或增訂內容。總計有三分之一的論文經過作者重新增訂，不管之前曾否結集。這套大系收錄之論文，乃最完善的版本。

　　以個人的論文單獨成卷，看起來像叢書，但叢書的內容由作者自定，此大系畢竟是一套實質上的選集，從選人到選文，都努力兼顧到其評論的文類[5]、議題、方向、層面，盡可能涵蓋所有重要的議題和作家，經由主編預選，再跟作者商議後，敲定篇目。從選稿到完成校對，歷時三個月。受限於經費，以及單人成冊的篇幅門檻，遺珠難免。最後，要特別感謝馬來西亞畫家莊嘉強，為這套書設計了十一個充滿大馬風情的封面。

鍾怡雯

2019.01.05

---

[5] 小說和新詩比較可以滿足預期的目標，散文的評論太少，有些出色的評論出自國外學者之手，收不進來，最終編選的結果差強人意。

編輯體例

[1] 時間跨度：從 1989.01.01 到 2018.12.31，共三十年。

[2] 選稿原則：每卷收錄長篇學術論文至少六篇，外加短篇評論（含篇幅較長的序文、導讀），總計不超過十二篇，頁數達預設出版標準。

[3] 作者身分：馬來西亞出生，現為大馬籍，或歸化其他國籍。

[4] 論文排序：長論在前，短評在後。再依發表年分，或作者的構想來編排。

[5] 論文格式：保留原發表格式，不加以統一。

[6] 論文出處：採用簡式年分和完整刊載資訊兩款，或依作者的需求另行處理。

[7] 文字校正：以台灣教育部頒發的正體字為準，但有極少數幾個字用俗體字。地方名稱的中譯，以作者的使用習慣為依據。

目 錄

I　總序：殿堂　／鍾怡雯

VI　編輯體例

001　論馬華文壇六○年代初期的三劍客

022　姚拓小說裡的三個世界

050　論小黑小說書寫的軌跡

074　商晚筠小說中的女性與情色書寫

098　論吳岸的詩歌理論

115　寫實兼寫意——馬新留台華文作家初論

167　大馬詩壇當今兩塊瑰寶

181　擅長敘事策略的詩人——論陳大為《治洪前書》和《再鴻門》

191　本卷作者簡介

論馬華文壇六〇年代初期的三劍客

　　就馬華文學的發展來看，六〇年代初期可說是一個高峰，這時候方北方還不那麼著名，當時文壇上的三劍客顯然應該是苗秀、趙戎和韋暈，這三劍客長短篇都寫，苗秀的《火浪》（1960）、趙戎的《在馬六甲海峽》（1961）和韋暈的《淺灘》（1960）可說是當時星馬分家前最傑出的三部長篇。在這三位長篇小說家之中，苗秀和趙戎都是新加坡土生土長的作家，一九六五年新加坡獨立後都成為該國最傑出的作家，唯有一九一三年在香港出生（祖籍山東濟寧）的韋暈成為馬來西亞華文文壇最負盛名的一位作家。我們還是先討論從未進過華校受教育可後來卻曾當過南洋大學中文系副教授的苗秀。根據他自己的說法，《火浪》是星馬戰後最先問世的長篇，這部長篇雖然殺青於一九五〇年，到了一九六〇年才印成單行本發行[1]。

---

[1] 參見《新馬華文學大系》第五集小說（二）苗秀本人所寫的〈導論〉，頁 1-2。

此外，他另著有長篇《殘夜行》（1976）、中篇《新加坡屋頂下》
（1951）、《年代和青春》（1956）和《小城憂鬱》（1961）、短篇
小說集《旅愁》、《第十六個》、《邊鼓》、《紅霧》、《人畜之
間》、散文集《文學與生活》和史料《馬華文學史話》。正如他自己
所說的，他作品的特色應是：（一）文筆樸素；（二）善用口語及方
言；（三）濃厚的地方色彩[2]。就他跟趙戎和韋暈他們這三劍客而言，
他是最能反映新加坡的低下層社會的一位，韋暈則最能反映大馬的
各社會階層生活，趙戎則星馬兩地都顧及。他的特色除了他恰適的
自我估評之外，仔細考察比較，方修認為他「比較長於描寫扒手、
私會黨、妓女、咖啡女等人物的生活」[3]。我們倒是覺得，他文字簡
扼、精準、不像趙戎那樣，時有汪洋縱肆的片斷[4]。至於善用口語及
方言以及作品帶有濃烈的地方色彩，這兩點其實我們也可以在趙戎
的作品中找到，並推舉為其特色。苗秀的另一個特色可能是，他漂
亮迷人的女主角幾乎都塑造成同一個模子裡出來的：短篇〈還鄉〉
的靜子有兩只大眼珠子、中篇《年代和青春》中有「兩只烏溜溜的
大眼珠子，熱情而又狡獪」，而且特別「喜歡藍色眼珠子」[5]；長篇
《火浪》中的林玲有一雙「烏卒卒的大眼珠子，是睫毛」穿了「水藍

---

[2] 《新馬華文學大系》第五集小說（二），頁 2。

[3] 《戰後馬華文學史初稿》（新加坡：國印，1978），頁 95。

[4] 苗秀在前述的〈導論〉說：「趙戎有一枝縱橫姿肆的筆，敘事寫景，有時是非
常出色的。」《新馬華文學大系》第五集小說（二），頁 5。

[5] 《年代和青春》（新加坡：南大書局，1965），頁 6, 76。

色的浴衣，愈發襯出象牙色肉體的潤滑」[6]；這種描寫除了透露出作家的嗜好，亦宣洩了他的欲望。

　　就苗秀、趙戎和韋暈這三劍客而言，苗秀相當堅持把其中長篇寫成星馬社會的史詩，除了《新加坡屋頂下》主要寫扒手陳萬與妓女賽賽的戀愛之外，其他兩個中篇和兩個長篇的共同主題是：新加坡在第二次世界大戰前後的社會狀況，這中間當然包括了救亡運動、抗日工作、法西斯的殘暴以及年輕男女可歌可泣的奮鬥和愛情。具體而言，《年代和青春》這本中篇多少有點自傳的味道，作為第一人稱的「老文」多少為作者的化身，在日本的鐵騎未伸到新加坡之前，他是一家外商銀行的書記，職位雖不高，可卻養尊處優。戰爭爆發後，他失了業，像許許多多愛國愛鄉的青年一樣，他毅然投身抗日救亡的工作，而在日軍侵佔了星島之後，為了生存保命，他竟跟兩樵做起販賣巴生柴的生計。其實就像本書標題所顯示的，作者所要表達的就是年輕人的能曲能伸，在最艱險的時代表現其青春活力和朝氣，就主題意識而言，書中的文和其愛人丁瑩，甚至他們周遭的朋友如兩樵，阿智和林秋等大都能把它體出來。可是就人物刻劃而言，刻劃得有血有肉的應是丁瑩，然後才是文和林秋，其他幾位如阿智和蕭雲等顯然並未充足發展，反面人物如胡丸和鈴木面目模糊。最令人感到困惑的是，作者對新加坡抗日時的一些文藝界人士如魯迅的私淑弟子壬老，尤其對金抗（鐵抗）和郁達夫的頹廢行徑還頗有微言，這是否表示在抗日捍衛鄉土上，當年這些南來的藝

---

[6]　《火浪》（新加坡：青年書局，1960），頁13。

文界人士的貢獻比不上土生土長的年輕人的？另一方面，金抗先被總彙報的小開，後又被疏散壬老和郁達夫等人的劉老闆所遺棄，而無法及時逃離新加坡，終至在新加坡淪陷第三天東洋鬼子來搜捕時跳樓自殺，像這樣一件公案，由於案中人金抗和郁達夫等具在當年即已遇害，其中所涉及的一些細節波折，當然不可能有理由的一日。即就此點而言，我們即可斷定苗秀這本中篇是頗有自傳的色彩。然而就小說藝術而言，我們確實認為，苗秀在這本小說中為當時的星馬文壇鑄造了一個現代女性丁瑩，一個長著「兩只烏溜溜的大眼珠子，熱情而又狡猾」的女性，她跟《火浪》中的林玲，以及趙戎《在馬六甲海峽》中的余潔冰都是令人永不忘懷的藝術瑰寶。

　　就藝術創造而言，《年代和青春》在情節的推展、人物的描繪（這包括內心的深化）等都顯得過於概括而發揮不足，這一點，作者在〈題說〉中已自承是「倉卒成書」，是在雜誌連載下被逼出來的。相對於這個中篇的倉促，他的長篇小說《火浪》不管在人物刻劃，主題思想的經營和情節的安排等等都具相當綿密完善，頗能生動而深刻地為日本法西斯軍隊侵略星馬的七十天戰爭留下記錄，是一本道地的反映當時新加坡各階層人民的生活和思想感情的大河小說，在這一點上，它跟趙戎在《在馬六甲海峽》中為星馬中國人投身澎湃的救亡運動所作的投影、韋暈在《淺灘》為張鐸和李金輝這兩個家族的興衰所作的追述，這在任何研究星馬五、六〇年代文學的人來說，都應是值得大書特書的成就。

　　對於撰寫《火浪》這個長篇的意圖，苗秀本人在〈寫在《火浪》前面〉曾這樣說過：

我曾經不自量力，許下宏願，要把近三十年來，馬來西亞這個殖民地社會的歷史動態刻劃下來，因為我覺得活在這麼一個時代裡，卻讓時代留下一片空白，這是一種罪過。但我所要寫的，絕不是單純的歷史紀錄。我還要刻劃出那貫串在這些歷史事變中間的整個精神世界的洶湧的波瀾；寫出人民的歡樂與痛苦，表現人民的願望。說明他們所追求的是什麼。像這樣的龐大的計畫，當然不是一兩部作品所能完成的。因此我計畫寫若干部長篇，每一部長篇反映著一個歷史階段，或者是歷史動態的一面。……這些作品結合起來是一個有機的整體，讀者能夠從其中看到整個時代的面貌、動態。[7]

他在一九四七年寫的第一部長篇《苦雨》（這長篇十年後被他當廢物丟棄，殊為可惜）、一九五一年完成的《小城戀》、一九五五年完成的《年代和青春》以及一九六一年殺青的《殘夜行》等都是為了那個「反映近三十年馬來亞歷史動態」的計畫而在努力不懈。《小城戀》（第二次修改時改名《小城憂鬱》）歌頌馬來亞內地小城市抗日分子抗暴的英勇行為、《年代和青春》描寫新加坡淪陷初期的社會混亂情況、《殘夜行》描寫新加坡淪陷後期地下工作者的反日鬥爭，比較而言，《火浪》把一九四一年前後那個如火如荼的時代表現得最生動活潑，這其中有積極抗日的知識青年如夏財副、林玲、姚紅雪和梅挺秀、代表反動勢力的商賈如周梅圃、出賣同胞的漢奸走狗如賴九、賈飛和丘騰芳和貪生怕死搖擺不定的市井斗民如

---

[7] 《火浪》，頁1。

丁主任、方進森和密斯脫香港等等。在這裡，我們看到了一個沒有主體性像張來這樣的知識份子，優柔寡斷，搖擺在回國投身抗日事業或留下來積極抗日捍衛家園之間，到最後還是被日軍的炮彈結束了生命。對於夏財副的堅決和張來的游移，書中有一段描述可作為佐證：

> 對於那個溜回中國大陸的計畫，已經不再像過去那樣吸引他夏財副了。
>
> 望了菜園屋外頭一眼……一個上年紀的女人，披了塊麻包，在雨中佝僂弓背，挑了兩桶水，在泥濘的芭路上吃力地挪動著。
>
> 看著這些，他夏財副驀地感到一陣悲涼。他愛這些土地。這時候丟下這土地，讓敵人任意去踐踏、蹂躪，這是罪惡！他堅決地說：
>
> 「我啦，我絕不離開！我們要負起新的工作任務！」
>
> 聽講鬼子要來查芭了，如果一發現有關抗日的書籍跟雜誌，便馬上抓去殺頭，他張來眉頭攢了來。隨後，整整的兩天，夏財副都幫忙他清理那一大堆藏書，把那些有問題的書籍雜誌全部檢出來，搬到燒豬粥的棚子裡，放在爐子裡燒掉。
>
> 對著那熊熊的火光，瞧著那些書頁化成灰燼，這是一種痛苦經驗。
>
> 那個書主人一直陰沉著臉，經過長久的沉默以後，他陰鬱地嘆了口氣，仿佛是自慰般：
>
> 「媽的，通通燒掉也好，橫豎要遠走高飛的！這些都是

　　　　身外之物……」[8]

　　藉由夏財副和張來的對話和作答，苗秀非常清晰地表現出，日軍侵略星馬確是一場煉獄，經由這場煉獄之洗禮，當地中國人開始深切意識到保鄉衛國之重要，尤其是確立主體性之重要。在這一點上看，苗秀的社會，政治意識都是跑在其他作家之前的。

　　跟苗秀一樣，趙戎也是一位出生在新加坡的著名作家，鑒於他在理論上的成就，或許他更像來自於廣東省來的方北方。少年時代他曾做過多種工作，當然也編過雜誌和文藝副刊，後任教職，一九七八年正式自中正中學退休。一九七〇年他曾跟李廷輝、孟毅和苗秀等合編了一套《新馬華文文學大系》，共八冊，其中《史料》和《散文》一、二集具由其主編；又編《新馬華文文藝辭典》，內分書名、人名、語詞和其他四大部分，一共五千五百條目，馬崙譽之為空前的貢獻[9]，在我們看來，他主要的成就還是在小說創作與文學理論的推展上。他的小說分量是比不過苗秀和韋暈，可他的文藝理論確曾席捲星馬文壇，成為五六〇年代宰執的聲音。

　　趙戎著有短篇小說集《芭澤上》、《熱帶風情畫》、《樓上花枝笑獨眼》、《神媒》和《我們這一夥》，中篇小說《海戀》和長篇小說《在馬六甲海峽》；另著有雜文集《坎坷集》、評論集《論馬華作家與作品》、《趙戎文藝論文集》和《趙戎文藝批評》等。趙戎跟其他幾位長篇小說家不太一樣而且相當吸引人的是他對熱帶土地的

8　《火浪》，頁 255-256。
9　《新馬華文作家畫像》（新加坡：風雲，1984），頁 30。

熱愛所散發出來的強烈情感，尤其以對熱帶海洋與芭洋為最。當然啦，這種描寫在某種程度上固然可以引導讀者進入他所要營造的小說世界，另一方面，描述太多（例如有些批評家就認為，他在《在馬六甲海峽》前頭幾章的描繪並非很關鍵性）就會破壞佈局之完整，令人覺得他的技巧有缺陷。

趙戎的文學理論跟他的創作成果頗能契合，在理論上，自一九四七年爆發「僑民文藝」與「馬華文藝」之爭後，他押的是後者，並且因此提出馬華文學的獨特性的主張；在寫作的實踐跟導引口，他特別強調寫實主義、愛國主義。一直到新加坡獨立後，在泛論新加坡的國家文學運動時，他仍念念不忘在宣揚愛國主義、反抗日、印、美等帝國主義的侵略[10]，其態度可說是頗為一致。至於其寫實論，愛國論調是否膚淺而且沒有進展，由於現代派的理論一直都無法形成論述霸權，像趙戎這樣的理論尚有一些影響力的。

不管是短篇、中篇或是長篇，趙戎的創作大體上都是朝著寫實主義，為了強化地方色彩，他甚至主張吸取地方方言如廣府話以豐富文學藝術的語言，這一點他跟苗秀就非常相似。他的寫實一路來都是追隨魯迅和高爾基的道路走，是古典的相當庸俗的觀點；到一九五九年寫作那篇〈現階的新民主主義文學論〉時，我們發覺他似乎已走上社會寫實主義的道路。可是大體上，他所提倡的寫實主義還是轉為古典的踏著魯迅的步履的那一脈：當然，間中他亦強調文

---

[10] 〈泛論當前我國文學運動〉，收入《趙戎文藝論文集》（新加坡：教育，1970），頁 69-70。

藝作品的社會性，歷史性甚至工具性，戰鬥性（例如角色如老鐵在《在馬六甲海峽》中的主張），在這種情況下，顯然他已是在追隨六〇年代流行於蘇俄和中國大陸的新會寫實主義論調。

　　趙戎的《在馬六甲海峽》跟苗秀的《火浪》和《殘夜行》等確能為我們提供星馬在二次世界大戰前後的社會風貌、人民的艱苦奮鬥與掙扎。他的短篇數目雖比不上苗秀和韋暈，可卻也擁有相當的獨特風味：用相當生動的廣府話來呈現星馬地區低下階層的生活面貌。在我們閱讀過的《芭澤上》中的四個短篇〈芭澤上〉、〈碼頭上〉、〈古老石山〉和〈狗的故事〉以及散落在《新馬華文文學大系》中的〈過節〉和〈求字〉、《馬華短篇小說選》（1963）中的〈盲牛〉和《獨立 25 年新華文學紀念集》中的〈流行性感冒〉中，無處不散發出低下階層人民的痛苦與掙扎、哀傷與熱淚。也許他只為了給戰前戰後的星馬社會作針砭，可低下階層的人們卻是那麼蹇促、悲慘、絕望，這已落入趙戎所反對的自然主義的寫法。細言之，在趙戎的〈盲牛〉、〈求字〉、〈過節〉和〈碼頭上〉等篇裡，不管是佈局的經營、氣氛的營造和人物的刻劃都算能循序漸進，達到一定的成績，可就主角的叩運之安排，快到五十歲才娶了個寡婦的盲牛終究被其老婆遺棄了，〈求字〉裡的亞德嫂終因迷上賭十二支而被逼為娼、最後投海自殺、〈過節〉中的「他」本為銀行雇員，後因時局變動而被解職，他過中秋時連給孩子買個燈籠的能力都沒有，而〈碼頭上〉的亞炳卻是在夜晚加班時被斷纜的貨物壓死，這些主角都是卑微的人物，他們當然都只是當時強勢論述中所一再批判的對象——小資產階級，可作者卻把他／她們的命運安排得這麼蹇促無望，這不是

太違背了馬克斯思想中最令人激奮的一面（永遠給人類提供光明的前景和希望）嗎？像這樣對低下階層的陰晦面所作的刻意描述，這豈不正好落入作者本身所極力排斥的自然主義的窠臼裡嗎？

　　趙戎中篇小說《海戀》中的漢英和長篇裡的老筆都屬於同一類人物——青年知識份子，漢英要改造只有小學畢業的女主角素芬，老筆則受到戰友琳的咐託要他照顧其妹妹余潔冰。其實，這兩部作品主要是環繞著這兩對青年男女的愛情而展開。比較而言，余潔冰能在熱洪洪的抗日救亡運動中支援老筆，終至變成身負重任的左傾人物，這種進展令人印象深刻，可只有小學畢業程度的素芬卻能很堅定地站在漢英這一邊，對抗想盡計謀要娶她的鍾校長，而其勞動矯健的形象絕不遜於余潔冰。在許多層次而言，趙戎所塑造的人物以像冰和素芬等最吸引人。她們適應得較快、較成功，相對於像老筆和漢英這樣的知識分子（勞動者，我們當然會覺得這些女角色更可愛多了。另一方面，趙戎在刻劃漢英和余潔冰這兩個人物時，不知是多了避諱抑或有意隱晦，他並未把漢英避居到檳城的舅舅家的真正原因全盤托出——為了規避拘捕抑或負有其他任務？同樣地，余潔冰在抵達檳榔嶼時被水警扣留，她到底是參加了什麼地下組織以及負責了什麼任務？如果我們在閱讀這兩個文本時能想到作者的所謂現實主義與愛國主義之主張，或許我們已可在這些故意隱藏的空白處讀到他的訊息，那就是說，六〇年代的星馬時空都不允許一個作家坦然面對並刻劃左派激進青年的行徑！

　　相對於苗秀給人們那種熱浪熏漫的場景（例如《年代和青春》和《火浪》開頭的背景描寫），趙戎對馬來半島東海岸的芭澤之荒

涼景色（見短篇〈芭澤上〉）以及馬六甲海峽的生動描述都非常出
色，具有史詩景物描寫的抒情甚至淨化作用。例如《在馬六甲海峽》
開頭那八、九小段對熱帶雨的描寫就令人覺得，它們不應僅僅只是
背景的鋪陳而已，那一陣陣連綿的、急速的、粗豪的、纖細的那麼
濃密地下著的雨水，它們不僅能把一切悶熱、煩躁、苦惱、骯髒和
汗濁等等沖刷掉，而且會給人帶來歡欣和喜悅。新加坡的城景，馬
六甲海峽的海景等都是經得起考驗的，相對於日寇對星馬人民的殺
戮、姦淫。經由敘事者老筆（張浪平）的視角，我們看到了底下這樣
汪洋縱肆的描寫：

> 船，緩緩地，向馬六甲海峽駛去了⋯⋯
>
> 馬六甲海峽，是一條美麗的雄壯的海峽，有著從二十哩
> 到二百哩闊的海面，和五百多哩長的海程。它底長度和它底
> 重要性，在世界上出盡了風頭。自從它有了歷史以來，它便
> 是唯一的溝通歐亞洲的捷徑了。它底重要，與時俱增的。它
> 維繫著歐亞兩洲底交通、和平、繁榮與安全。沒有它，這世
> 界歷史也許要倒寫數百年咧！沒有它，這東南亞也會像非洲
> 大陸一樣，是個沙漠千里的荒涼地方。自古以來，當它出現。
> 在亞洲的熱帶腹地底時候，好些熱帶邊緣也在自然淘汰中，
> 山崩海倒地沉下海裡去了。這是地球母親對亞洲孩子底寵
> 愛，給予一件最大的恩物──創造這亞洲的熱帶的花園。[11]

然後作者又以大篇幅寫到「馬六甲海峽是浩瀚的，大量的」；

---

[11] 《在馬六甲海峽》（新加坡：青年，1961），頁39-40。

「馬六甲海峽是優美的，和靄的」；「馬六甲海峽是莊嚴的，磅薄的」，這樣連篇累牘地抒寫，乍看似覺無關宏旨，可在看到最後才發覺，它們都有史詩插曲的功能。另一方面，這些片斷確是最能展現作者的文字才華的地方，這些文字都洋溢著熱情，很能顯露作者對星馬這些地域的深入觀察與熱愛。讀者在看了作者的中篇《海戀》之後，他們更會發覺，趙戎對熱帶海域——這時候是對檳榔嶼附近的海域——的稔熟遠遠超過一般人。至於他對討海人家的生活的刻劃、對於黑社會走私販毒、魚肉老百姓的揭發，由於篇幅的關係，這裡只得略過。

　　一九六五年新加坡脫離大馬成為獨立的國家之後，苗秀和趙戎具都成為當時該國最重要的小說家，只有一九一三年在香港出生的韋暈留在大馬，成為最重要的一位小說家。韋暈本名區文莊，原籍山東，曾在香港漢文中學畢業後，一九二九年前往廣州美專就讀，畢業後曾在部隊裡當過小兵，一九三七年南來星馬之後即擺脫僑居意識，積極投入以本地色彩為主的創作生涯。他曾當過小販、農人、林場雜工、工廠書記、農收雜誌編輯和運輸公司經理，較長的時間是在教育界服務以及在出版社編輯教科書，一九九六年六月一日故世前、二十年都在關丹與人合夥經營車輛電池。韋暈在戰前發表的作品大都採用上官豸這個筆名，其他筆名尚有秦系、曹苓、葉葭、韓兵、陳儈、高浪、山霞、丁風、王都、沙耶、韋多、楊沖、卜一和山箋一等。著有短篇小說集《烏鴉港上黃昏》（1956）、《都門抄》（1958）、《舊地》（1959）、《春冰集》（1971）、《韋暈小說選》（1986）、《寄泊站》（1986）和《日安，庫斯科》（1991），中篇

《還鄉願》（1958）、《荊棘叢》（1961）和《隕石原》、長篇《淺灘》（1960）和《海不變》（1997，原作《海無垠》）和散文集 《東海·西海》（1962）、《野馬隨風》（1979）和《文苑散葉》（1985）一共十五種。一九九一年杪獲得第二屆馬來西亞華文文學獎，翌年他把獎金悉數捐出給大馬華文作協舉辦「韋暈文學評論」之用。

　　韋暈的短篇大都處理的是星馬一帶低下階層的人物，即以收在《韋暈小說選》（1991）這裡頭的篇章來說，〈烏鴉港上黃昏〉裡的伙金、〈梅遲〉裡流落在星的白俄將軍杜夫斯基、〈都門抄〉裡的八哥、〈白區來的消息〉裡的梁牛、〈黑岩石上〉裡的流浪漢、〈再見在北回歸線上〉裡的王喬、〈舊地〉裡的妓女黛絲以及〈春訊〉裡的戀人阿雲和阿菩，不管他們年輕或是年老，孤獨、疏離、失落、無助甚至流浪等這些伴隨離散族群最常見的特質／主題，可恰是他們生命的標籤甚至本質。就星馬地區而言，韋暈這些短篇大都達到相當高的水準，〈烏鴉港上黃昏〉、〈棲遲〉、〈都門抄〉、〈白區來的消息〉、〈舊地〉和〈再見在北回歸線上〉尤其傑出，它們不僅給孤獨、流浪等做了深刻的體現，而且頗能點出區域性特色以及時代精神，這種特色使得這些短篇可以放諸四海而不廢，上海的王振科在評論這些小說時說它們已達到「永恆」的境界[12]，這應是可以接受的。

　　韋暈的小說創作大體上跟趙戎和苗秀等的一樣，都是寫實主義的實踐品，（以這種手法和理念來創作，在星馬地區，六〇年代應

---

[12] 〈永恆：生命在困境中掙扎和抗爭──評《韋聲小說選》〉《南洋商報·南洋文藝》，1991/11/10。

已是其頂峰，趙戎的《在馬六甲海峽》、苗秀的《火浪》和韋暈的《淺灘》都應已是這頂峰的代表作。就以韋暈來說，他晚年寫成的《海不變》不管在技巧，佈局甚至人物刻劃等方面大都能顯示其寶刀未老的功力，可是在創作策略上他不能不採用了一些意識流和象徵等手法，而其間所穿插的那個波瀾疊起的尋寶線索已是傳奇故事的經營。這正說明了一件事，大時代的進展是無情的，而作家不能不儘量竭盡其所能以求進展。

　　韋暈的生活經驗非常豐富，這些都可以在其各式小說中展現出來。他對情節的進展時代都非常仔細，對細節的描擬，氣氛的拱托，對話的揣摩，無不做得恰到好處。他的另一個長處是，華巫印等族群具都能納入。以短篇而言，陰鬱、慘涼、孤獨似乎是其色調、氣氛，而這些他都以非常簡扼、堅實、樸素的文字表達了出來。例如，他在〈白區來的消息〉中寫梁牛出獄後的遭遇如下：

> 雖然他梁牛是那末蠢笨，可是這兩天來，在自己的那個堂哥的吉拉裡碰到的，都是那麼陌生的臉孔，有幾個自己從前跟他們稱兄道弟那樣的幾個在大城市裡混過的朋友，諸如生鬼秋、牛王升他們，一碰到了自己，臉色就變得尷尬起來，訕訕說幾句不著邊際的話，就趕快跑開去，似乎怕他梁牛染上了三代麻瘋似的，其實他梁牛自己明白是沒有「沙拉」，他梁牛記得自己被釋放的時候，那個好心腸的唐人財副向自己恭喜過：「現在天下太平了，你自己就沒回沙拉，回去老家

團聚吧！」[13]

　　這段描述文字簡要，間雜福建活與馬來文音譯，用心展現主角的心理活動。這篇短篇的時代背景應是馬來亞實行緊急法令後期，在那時候，人們的神經都高度膨脹，規避出獄者真的有如規避麻瘋病患一般。梁牛因嗜黃湯以致因言語而遭羈留十年固屬不幸，更大的不幸是在這期間，其夫人為了生存而下海充當妓女，不僅造成家散，也造成梁牛出獄後被姘頭槍殺而亡。韋暈能不規避當時的禁忌，把像梁牛這樣因剿共即家毀的人物事件深刻呈現出來，不管從那個角度來看，具屬難能可貴。

　　就中長篇而言，我覺得韋暈的中篇《還鄉願》和長篇《淺灘》應是他三個中篇和兩個長篇中最傑出的作品[14]，趙戎在六〇年代初的評騭中對他頗多期待，可惜後來創作的中篇《荊棘叢》和《隕石原》、長篇《海不變》在許多層次上並未能超越初期的《還鄉願》和《淺灘》，這正好印證了我前頭所言，源自五四新文學傳統以來那種感時愛國的寫實主義到了六〇年代應已臻於頂點，其後的創作都只是其濫而已。

　　《還鄉願》非常生動而深入地刻劃了一個叫做老東的老番客的

---

[13]　《韋暈小說選》（吉隆坡：大馬福聯暨福建會館，1986），頁 49-50。

[14]　趙戎在六〇年代初評論韋暈的小說時認為。韋輩的中篇《還鄉願》和長篇《淺灘》應是他當時最佳作品，其時趙無機緣審視一九六一年出版的中篇《荊棘叢》、1981 年出版的中篇《隕石原》和八〇年代中殺青的長篇《海不變》，故其批判還帶著期許。趙的言論請參考《論韋暈的作品與思想》，《論馬華作家與作品》（新加坡：青年書局，1967），頁 60, 62。

辛酸史。趙戎認為韋暈在老東身上呈現了一個典型，代表那些為墾拓馬來半島而竭盡精髓的一代老移民，到頭來，他們並未累積一筆金錢而衣錦還鄉，倒是在貧病擊襲下客死異鄉的[15]。就像是韋暈短篇小說裡的許多小人物一樣，老東的孤獨、無援、失落、疏離，受騙甚至被壓榨，無處不顯示他作為離散文學的本質，可說是東方猶太人的典型塑造。老東的主體性非常脆弱，在英國統治下他受盡了壓迫；到了日本軍閥南進星馬，受到軍宣班的蠱惑他就以為被壓迫者有了翻身的機會。小說中描述他時不是說「老東」這猥瑣的番客，就是「老東」這傢伙就真是一條毛毛蟲那麼軟弱的動物，這可憐人祇曉得拼命去捱，賺錢……[16]他是一個軟體動物，主體寫游移而多變，結果還是無法逃離各種磨難。比起後來的《荊棘叢》和《隕石原》，《還鄉願》不管在人物的刻劃、情節的安排。主題思想的呈現等等，俱都洞見作者的功力，這麼一本六萬多字的中篇，讀起來深令讀者感到窒息不安，可在許多方面上卻是最能反映日據時期以及馬來亞獨立前的社會動態的一本中篇。

　　比較而言，在上提的人物塑造和佈局的安排等等來看，《荊棘叢》和《隕石原》都比《還鄉願》弱多了，《荊棘叢》主要在寫一個叫于中的花花公子型藝術家的風流荒唐的生活，這個所謂藝術家跟三、四〇年代充滿憧憬回中國打日寇的典型不一樣，從小學、中學

---

[15] 趙戎跟其他五六〇年代的批評家一樣，非常重視典型人物的刻劃，《還鄉願》裡的老東是一個典型性人物，韋暈對老東作深刻的典型性的雕塑可說是「前無來者底」，見《論韋暈的作品與思想》，頁60-62。
[16] 《還鄉願》（新加坡：青年書局，1958），頁25, 19。

到回國升學階段都是個調情聖手，「常常亂搞男女關係」[17]，是一個多情的唐璜型人物以及機會主義者，可是作者在刻劃他時顯得並不夠深入，作者對他的雕塑大都出於一些平面的膚淺的倒敘式回憶；同樣地，作者雖想對中國抗日階段高官富賈的腐爛有所伐笞，可亦顯得非常皮毛而不足。最糟糕的是，作者顯然欲以于中留在星加坡的同學陳文青來襯托他，可是陳的半天真、豪邁和傻勁，配上那半頹的腦袋，能令讀者感到很不搭配而具滑稽總。總之，于中虛偽而虛偽得不夠徹底，而陳文青樸素卻樸素得不夠勁道，似乎都是虛飄飄的人物！

　　同樣地，我也覺得韋暈在《隕石原》中對人物的著墨，對問題的探討都不夠深入。如果這本中篇的意圖在於批判湯尼（方得財）這個紈褲子弟的腐敗行徑（在台灣南部某學院讀書時有人護航伴讀，上咖啡廳純吃茶，玩弄女同學，上夜總會……），則同樣地，韋暈對湯尼方這個花花公子的邪鄙的描述都僅僅止於表面的陳述，並沒有更深一層的心理，意圖的透剔處理，故讓人只覺得作者僅有抹黑批判富貴人家的勢利的衝動，可是在對人性的探討，對複雜問題的探求顯然闕如。

　　在人物雕塑上，蘇青瑤顯然是用來襯托陳小珍的，可是兩相對比，我們覺得兩者都刻劃得不夠鮮明和深入，用自五、六〇年代是星馬那些文評家最善於耍弄的術語，她們都不具典型性。青瑤靦腆、孤寂而具架副深度近視眼鏡，性子執拗而強硬，學的是護理，回到

---

[17]　《荊棘叢》（香港；上海，1961），頁67。

大馬之後卻到一農場工作，小說中說她是一塊冥頑不靈的隕石掉在地球上面；但這隕石卻仍舊可以給人類躺臥，也可以堵塞一條將要崩潰的河口，不使大水一下子沖了下來[18]，總令人覺得，比喻終歸是比喻，她缺少的仍舊是鞭辟入裡的性格塑造。相對於她，小珍雖然善變而現實（以致她眼光如豆而被湯毛俘擄了拋棄了），其倔強性格可卻成為她的致命傷——流產而死。她們倆位既然為襯托而設，那麼又何必來個秀安？最令人無法瞭解的是《隕石原》這個中篇花了三分之一的篇幅來寫一個非常西化而又以色欲來換取工作權勢的表姐——青瑤住在香港的表姐娜妮，用這麼一個蘇絲黃一樣的世故女性來跟青瑤對比真的有結構上的必然需要嗎？

　　韋暈晚年寫的長篇《海不變》同樣承襲了他上提這兩個中篇裡的一些缺失：人物刻劃不深刻、技巧雖多變可都無法推陳出新。這本長篇寫得錯得複雜，但是對於男主角張雷（後又叫杜桂・拿督杜）和女主角秀子（阿萍）的刻劃以及他們性格轉化的處理，予人的印象是，前者是一大機會主義者，後者懦弱而沒多少內心生活。從離散文學的角度來看，他們這對萍水姻緣造就的夫婦倒是徹底體現了流離、疏離、被欺榨，以及襲擬等等特質。可惜的是，我們看不出他們有西方浪子小說主角那種歷盡滄桑的成長。同樣地，作者有意在這本長篇裡描塑一個較有人性的日本軍人——一個同樣受到日本軍閥所迫害的關井少尉（後被派為遊藝場太陽食堂的軍酒保），可我們只知道他出生在日本瀨戶，曾經駐紮在中國東北，在當了食堂的

軍酒保之後常常無故會消失一陣子的一個瘸腳而憂鬱的日本軍官，他人性的部分是娶了季子並向後者透露反戰的思想。對他的處理是神秘有加，許多地方對他的交代不足。

　　我們上面這種批評並不表示《海不變》就一無是處。事實上，這長篇中對抗日份子的地下活動、對走私幫派的行徑等等都刻劃得維妙維肖，間中所穿插的尋寶情節真做到詭譎難測，頗有傳奇故事的可讀性。比較而言，韋暈早期完成的長篇《淺灘》（1960）的焦點和佈局等都較《海不變》集中和優越。這是一本有關座辦李金輝和奸商張鐸這兩個截然不同的家族史，經由他們把戰後的星馬社會的政經教育等層面表達出來，頗有大河小說的渾厚氣概，在這些層面（尤其在反映第二次大戰前後的星馬社會動態方面）上，它確實跟苗秀的《熱浪》與趙戎的《在馬六甲海峽》是最能比較全面地反映這個時代的動態與精神的文學作品，既是當時最傑出的三個長篇，也是韋暈本人最好的長篇。

　　在韋暈的中長篇中，其正面人物都常軟弱、猶豫，似乎都缺少一股浩然陽剛之勁道，例如他《荊棘叢》中的陳文青，《還鄉願》中的老東、《海不變》中的阿萍以及這本《淺灘》中的李金輝，反面人物像《海不變》中的拿督杜和《淺灘》中的張鐸倒是勁道十足，都是徹徹底底的投機份子，邪佞、狡詐，夠狠夠拼，頗有美國現代小說《大哉蓋世比》主角蓋世比那種投機拼鬥精神，頗能反映並批判了東南亞華裔這強勢族群中一些人的嘴臉。僅就人物雕塑而言，韋暈的反面人物的刻劃是較成功的，不管是上提的拿督杜、張鐸或是尚未提到的《淺灘》中的教育界敗類李金星，他們都夠兇狠、卑劣，為了生

存而不擇手段，予讀者比較深刻的印象，這就是他成功之處。《淺灘》的第六章末尾及第七章寫的是李金輝的轉變與新生——他轉到東海岸一個小島上去開芭[19]，在這關鍵轉折處，又黑心又毒辣的張鐸正好咽下了最後一口氣，這種佈局安排作者顯然是在表示善惡的消長。在韋暈三個中篇及兩個長篇裡，《還鄉願》裡的老東，雖處心積慮欲「還鄉」以歿而終不可得、《荊棘叢》裡的陳文青是一個未老先衰的沒甚作為的小學教師、《隕石原》裡的蘇青瑤予人有瞬間閃逝的味道（《海不變》是一個沒有完整渾厚的正面積極人物的長篇），比較起來，李金輝應是作者唯一較有生命勁道的一個正面人物[20]。

　　自大馬獨立以來，除了當年《焦風》及《學生周報》群在積極提倡現代主義之外，其他還有許多老中青作家，由於資訊的獲取不易或是受到像杏影這樣的編輯所影響，即使到了五、六〇年代，他們仍舊沉溺在魯迅、茅盾或是蘇俄的高爾基等大師的教誨或教條下創作，西方的葉芝、龐德或艾略特固然不屑一顧，對深受西方現代派影響／干擾的九葉派詩人如辛笛、穆旦和袁可嘉等可能「前所未聞」，

---

[19] 就像韋暈的其他正面人物一樣，李金輝予人的感覺是猶豫退讓、膽小怕事，而他在小說末尾竟突然積極起來，給予人有突變的印象，陳雪風在六〇年代初年就指出這種人物發展的不自然現象來，請見〈論《淺灘》〉，《陳雪風文藝評論集》（香港：藝類，1962），29頁。

[20] 一般說來，韋暈對那些低下階層的人物以及帶有早肆獵奪性格的地港流氓、機會主義者如《淺灘》中的李金星和張鐸、《海不變》中的拿督杜等雕塑得最生動。他對生命的成長爭鬥總予人一種揮之不去的滄溶感。苗秀在給《新馬華文學大系》第五集小說（二）所寫的〈導論〉中說韋暈最「擅於刻劃人物」，頁3。

在此情境底下，他們何止是相當閉塞而已。即使是我們上面提及、或是討論過的那些六〇年代大家，他們的感情、意識，見識等大都是緬懷式的後退式的甚至過去式的。總之一句話，他們根本沒有現代意識，卻執意要主導、宰執文壇。

[1997]

姚拓小說裡的三個世界

　　姚拓本名姚天平（護照上名姚匡），一九二二年生於河南省鞏縣桑林鎮，那是一個位於嵩山腳下約有五百戶人家的鄉鎮，由於位居洛陽和鄭州之間，是自古以來兵家必爭必經的要地，故常遭兵燹之災。父親聰明、勤儉，肯努力上進，故在姚拓早年，他父親即已擁有一百多畝田地，只是這麼一片土地種植出來的麥子只足以養一個擁有十六口人家的大家庭，此外即無餘款（糧）供給姚拓進入縣立師範學校。母張氏，為姚家第二繼室，由於出生貧苦家庭，在生下第三個孩子時即已罹患肺疾。姚拓為老么，上有三位哥哥，大哥種莊稼，二哥曾為小學教師，三哥為軍人。關於這些家庭背景的點滴介紹，讀者都可以在姚拓的散文集《美麗的童年》（1962）以及四篇〈我的讀書生活〉中篩抽出來。[1]

---

[1]　這四篇副題〈我的讀書生活〉的回憶性文章分別標為〈鄉下孩子的悲歌〉、〈一

　　姚拓讀過半年師範，由於投考憲兵學校不成，後即到漢中進入軍官學校第一分校步兵科，接受訓練兩年，一九四一年畢業後即被分發到雲南昆明的七十一軍去當少尉排長，開始他長達十年的軍旅生涯，轉戰大江南北，正如他在一篇回憶文章所說的：「由漢中到雲南、到中緬邊境、到山東，到東北，整整十年，我生活在槍林彈雨之中」（〈十年槍林彈雨中〉）。一九五〇年他以難民身份逃到香港，曾做過鐵工，每天扳兩千五百個茶缸把子，只能賺到一塊半薪資，做飯吃用掉一塊二毛，每天只能省下三毛港幣。就是在這個時候，他興起開拓第二個生命的決心，因此把名字改為「拓」（見〈扳茶缸把子的日子〉）。一九五三年進入《中國學生周報》當校對，半年之間即由校對升編輯，再由編輯主任升到主編的職位；他並在此時參與了《友聯活葉文選》的編輯工作，這份工作對香港和星馬的華文教育有很深遠的影響。一九五七年他南下星洲在友聯工作，第二年轉到馬來亞吉隆坡，為《學生周報》和《蕉風月刊》的主要負責人。今為吉隆坡大人餐廳和友聯文化事業有限公司股東之一，馬聯發行有限公司總編輯，也是著名畫廊「集珍莊」的老闆。這三十幾年來，經由他主催主編的中小學教科書，對於馬新一帶的華校學生來說，其貢獻和影響豈是三言兩語所能道盡！好在最近這五、六年來對他的訪問報導越來越多，一般人對他的作為和貢獻才逐漸清楚（請參見後附有關訪談評介資料）。

連串的苦難歲月〉、〈十年槍林彈雨中〉和〈命運沒有虧待我〉，先後發表於《南洋商報・南洋文藝》1988/11/21、1988/11/29、1988/12/05、1989/03/13。

　　我上頭這兩大段作者行誼簡介已有些偏離正規論文的寫法，可是任何想客觀、深入論述姚拓的文學作品的論述如果沒有這些基本介紹資料來開頭、來提供背景，那也會有所缺漏，因為他常常把他自己的種種經驗編織入其作品的架構、肌理之中。

　　目前只有兩篇較仔細地研究姚拓的散文（主要針對一九九〇年再版的《美麗的童年》）的文章[2]，對於其小說的研究仍呈空白狀態。姚先生一共出版了《二表哥》（1956）、《彎彎的岸壁》（1958），《四個結婚的故事》（1961）和《姚拓小說選》（1981）這四本短篇小說集以及《五里凹之花》（1965）這麼一本中篇小說集，以一個掌握出版喉舌並且四十年來一直都在文字堆中「打拼」的人來說，這麼五本小說集的份量並不多，而這「不多」又跟他顛沛流離的生活有關聯（對於創作生產社會學有興趣的人，這應是很有趣的一個課題、實例，可並非本文的重點所在）。本文的重心是，他中短篇小說裡所呈現的三個世界（中國大陸、香港和星馬），這三個世界經驗如何以對話式邏輯以及嘉年華會式的方法呈現出來。巴赫汀在《拉伯雷與他的世界》一書中提到嘉年華的精神是自由平等，在三兩個月的嘉年華慶祝節日中，所有社會體系中的尊卑分野等都被擱置一邊，人們可以完全平等的身份嘲弄對方，他們經驗的是一種前所未有的自由自在和親密的接觸，「這些真正人性化的關係並非想像力

---

[2] 這兩篇文章是大陸王振科的〈在《美麗童年》掩蓋下的濃重鄉愁——讀姚拓《美麗的童年》箚記〉和郝毅民的〈大處著眼、小處採光：認識姚拓〉，前者從鄉愁的角度來研討《美麗的童年》，後者則從心理和醫學的角度來談姚拓的個性形成和文章。

的成果；它們是人們的親身經驗。烏托邦的理想與現實生活在此獨一無二的嘉年華經驗中結合了起來」（10）。姚拓的中短篇小說中常常有一種潛藏的並非很明顯的嘲弄味道以及喜劇性情調，譬如中篇《黑而亮的眼睛》裡的女主角司徒明，她千里迢迢跑到新加坡去投靠從未謀面的姨媽，結果是「命運真會捉弄人」，「想不到她僅僅只趕得上見她的姨母的最後一面」（《五里凹之花》53），這哪裡是命運嘲弄人，這其實是作者在嘲弄命運。司徒明在埋葬了姨媽後，竟然有一同鄉洪宇願意資助她念完高中，這個奮鬥不懈的見習醫生竟然短暫地扮演了她的白馬王子，這當然是作者的喜劇意識促使他做了這種安排，而不採取自然主義的寫作方法，把她安排進入妓院裡去打滾。短篇〈降頭〉中對泰國貢頭師的法力的嘲弄以及對志光與酒吧女趙菁菁萍水姻緣的諧擬（parody），作者都是帶著喜劇意識來處理的，在姚拓的小說世界中，嘲弄（laughter）實為他創作邏輯中的關鍵。

　　在巴赫汀的理論系統中另一個很重要的概念就是眾聲喧嘩（heteroglossia），這概念正如馬耀民所說的有二點：一為「不同的言語」，另一個為「眾聲喧嘩」，可說是人類多音意識的外在化，而其表現模式即為對話（dialogism）。小說這一文類所以能糾結大小主題，並把各種物體和概念表現出來，那主要是因為它應用了不同的言語類型的關係。藉由作者的言語（authorial speech），敘述者的言語、角色的言語，以及穿插的文類等這些組構單元的協助，眾聲喧嘩的效果才能在小說中顯露出來。用巴赫汀的話說：「這些組構單元容許許多和社會聲音以及它們之間種種關聯同時存在，而且多多少少

是對話式地存在」（《對話式想像力》263）。由於這些組構單元的游移、相互指涉、滲透，顛覆，這才使得小說此一文類、論述的特色突顯了出來。我覺得把巴赫汀的眾聲喧嘩理論落實到姚拓的中短篇小說的解讀上非常有啟發性。例如，姚拓寫得非常精采的中篇《五里凹之花》，既有寫實小說的草根性，也有傳奇故事的詭異緊張兼神秘性，這兩個文類糾雜在一起，既有相輔相成之功，又有互相指涉及滲透之處；又從角色的言語（utterance）的相互滲透、消長來說，阿塞代表的是江湖歷練、假上尉小唐（即敘事者）代表的是清純瀟灑的書生，我們常常發現略具草根叛逆的言談常常侵犯、凌駕脆弱的愛國情操之上，這不僅僅造就了一個情奔主角，也造就了另外一種人生。從這麼一個故事的兩種角度（其實還有其他角度足資分析）分析中，我們見到的不僅是這篇小說的多樣性，而且更能對其豐富性做更深入更透剔的理解。

質言之，巴赫汀的嘉年華和眾聲喧嘩理論有其共通之處，那就是對「他我」（the other）和「他性」（otherness）的重視，這個他我是任何正規、正統、官方、嚴謹思維和理性的對比和相反，「他性」即為這些相反事物和概念的屬性。這種雙聲雙面性應是我們理解社會、宇宙和人生（小說當然包括在內）非常重要的理念和手段。

前面已提及，姚拓一共寫了五本中短篇小說集，除去重覆收入的部份，計有中篇小說三篇、短篇小說四十一篇。在這四十四篇小說中，我把《二表哥》中的〈補鞋匠〉和〈詛咒〉，《彎彎的岸壁》中的〈高家的孩子〉和〈趙承祿〉、《四個結婚的故事》裡的〈火車上的滑稽劇〉，〈約會〉和〈落雨的旅程〉、《姚拓小說選》中的〈不

記名投票〉、〈九個字的情書〉和〈神經漢〉十篇看作是故事性較單薄的小說，其他三十四篇可算作故事性較濃的作品；但是，即使在後面這一類作品中，也有故事不太淡也不太濃的，例如《姚拓小說選》中的〈石碑上的微笑臉孔〉這短篇寫敘事者和芳芳二十年的愛情長跑，最後由於芳芳終於領悟到時間會像野草一般掩埋了他們的愛情而答允跟「我」結合，這篇短篇故事性並不強，人生的領悟也刻劃得並不太完善，其實也應納入第一類之內。除了以故事濃淡為歸類之外，我覺得還可從文類來做歸納，《彎彎的岸壁》中的〈黑風洞〉應為一個寓言故事（allegory），《四個結婚的故事》中的〈萬里長城〉寫一個夢境（dream vision）、〈石縫中的一朵小花〉也是一個寓言故事。我當然瞭解到，這種從故事性單純或濃厚或從單一文類的角度來規範小說作品在巴赫汀看來是非常不智的，因為一歸類即是把言談框在某種封閉系統中，而這正是巴赫汀所反對的[3]；可是不這樣歸類一番，姚拓的四十來篇小說又處在游離狀態之中。

　　姚拓的五本中短篇小說集當然並不是什麼「曠世巨著」[4]；可是卻是他生活的反映、血淚的結晶。在寫作這些作品時，他卻從不大

---

[3] 巴赫汀對佛洛伊德的「潛意識」和「自我意識」、索緒爾的並時語言以及蘇俄形構批評家太重視「文學性」都有所批評，請參見座炳惠〈論述與對話：巴克定逝世十周年〉，頁 129。

[4] 吳志華在專訪〈姚拓「二聲」華語〉中說：「我讀過不少姚拓的作品，例如《二表哥》、《彎彎的岸壁》，甚至新詩〈路路的眼睛〉等等，雖然談不上是什麼曠世巨著，在我覺得，姚拓卻是一位很專心的文藝作家，很投入〔的〕文化工作者」（頁 44）這是我看到的對姚拓小說的唯一一小段評價。

聲疾呼什麼主義，灌輸什麼大教條[5]；他的小說跟他所主持的刊物《學生周報》和《蕉風》在五〇年代末年開始鼓吹現代主義並掛不上鉤，正如郝毅民所說的，他寫的小說是屬於寫實主義的文藝[6]，但是卻由於他生性「樂觀」[7]，「性情隨和」[8]，信仰基督教信仰「愛」[9]，故他小說中寫的大都是人生的荒唐和荒謬，可他卻從不偏激。他的寫實應是老舍抗戰之前所寫的《老張的哲學》、《趙子曰》、《離婚》和《牛天賜傳》這一條線索所發展下來的諧擬、通俗劇式，並略微加上一些魯迅一派所發展出來的「傳真報道式」寫實[10]。

　　姚拓的短篇〈黑風洞〉，其背景地點俱為虛懸，〈石縫中的一朵小花〉，把背景設在一個靠海灘而且荒蕪了的小丘上，這小土丘後邊還有綠山，從這種描述中我們很難確指它到底是香港還是星馬。除了這兩篇之外，其他四十二篇之中，〈「毒」他一遭吧！〉虛景設在香港，〈奇跡〉和〈最不能忘記的一張臉〉虛景設在星馬，可是這三篇的實景以及重要情節設在二次世界大戰期間的滇西龍陵地區。

---

[5] 姚拓在林瑞源的專訪〈姚拓從少年文藝到老〉中說：「我的一生是在追求自由，因此寫作也一樣，我的文章並沒有說教，我只是將荒唐、荒謬的一面拿出來給人們看，雖然沒有教育，但事實上已有了教育的含意」。他這句話已透露了他的創作方針和策略，是研究其作品非常好的參照資料。

[6] 參見註 2 郝文，頁 50。

[7] 「樂觀」此詞是他在對林瑞源訪談時說的，參見林瑞源。

[8] 「性情隨和」是他在〈命運沒有虧待我〉中寫的。

[9] 信仰基督教，見郝文，頁 40；信仰愛，請參見林瑞源。

[10] 王德威對於老舍和魯迅這兩派的關聯，激盪有非常精彩的論析。見〈魯迅，還是老舍？〉，頁 116。

除了上提這幾篇小說背景故意設得模糊以及背景僅具點綴性功能以外，其他三十九篇中短篇之中，有十六篇背景是大陸，七篇背景為香港，十六篇設在星馬。姚拓在大陸住了二十八年，在香港僅只待了六、七年，然後從一九五八年迄今，他就一直居住在馬來西亞的吉隆坡，從我研讀他的中短篇小說所獲得的一個總印象是，一個地區居住得長短並非決定他小說的優劣的唯一決定性因素；他的創作觀以及生產社會學可能更具決定性。他用大陸家鄉背景寫成的〈二表哥〉、〈矮冬瓜〉、〈所南〉、〈半塊燒餅〉，〈彎彎的岸壁〉和〈德中哥與德中嫂〉都令人讀後銘心刻骨；以香港為背景寫成的作品並不太多，但是七篇之中的〈奪「妻」之恨〉，甚至是〈船頭上的雞籠〉都寫得相當深刻；至於以星馬為背景的十六篇中短篇當中，短篇如〈走死運的人〉、〈義務媒人〉和〈降頭〉，甚至中篇〈職業病〉俱都寫得相當傑出。

　　姚拓小說裡三個世界中，那些人物大都跟作者的經歷有關，而且大都是中下階層人物（〈奇跡〉裡的醫生、修女甚至陳孅孅院長以及〈家庭工廠〉中的鄭老闆都非關鍵性人物，至於中篇〈黑而亮的眼睛〉中那個見習醫生洪宇仍在奮鬥熬練之中，根本談不上社會地位）。他在刻劃描述某個世界時，另一個世界往往會在上頭或背後隱隱約約當作參照；例如〈萬里長城〉明明寫的是冬天的山海關，可是小說開頭那一段卻提到「假如那時候我住在星加坡或吉隆坡的話」（《四個結婚的故事》22），這句話初看起來似平淡無奇，不關緊要，可是仔細想一想，我們就會發覺，這句話蘊含了熱帶與寒帶、玩樂消遣與無聊，煩悶，邊緣對主流、無關超然對涉身投人、現當代對

古代等等對話。作者在山海關入夢直到著手來書寫此一夢境，時間差距約有二十年，這種差距受到地域距離的增援，看起來那段經驗就顯得渺遠無垠。在這種氣氛底下，作者安排了一個夢境對話出來，我們一點都不覺得唐突。在這個夢境中，敘述者用的是現代語言，骷髏用的是秦朝的語言，而他們的言語都注滿了而且輻射著不同的社會意識與詮釋成規，因此，他們在溝通對話時身體所洩漏出來的喜劇式手腳失措、溝通障礙與中斷、怪誕的延異弔詭，所有這些就是我們前頭在引用巴赫汀的理論時所說的，不同的社會聲音以及潛藏在這些聲音之間的種種關聯的相互激盪，而此即為眾聲喧嘩特質的具體展現。

　　另一方面，姚拓小說中的我與他我，這個世界與另一個世界往往形成一種辨證架構，互相指涉、滲透、增援、顛覆。我們仍然以〈萬裡長城〉為例。由於這小說採用夢境為模式，則嘉年華會中角色互相譏諷、批評遂變成可能；在這小說裡，敘述者口口聲聲呼喊的中華民族的光榮和偉大都在冬天白茫茫的背景底下被這些骷髏踢翻到腳底下去了。小說有一段是這樣寫的：

　　　　這位先生火氣真大，他的聲音沉重得好像古廟裡的古鐘，震得我不敢不回答他的話。我不由得上牙打著下牙說：「這個──死了多少人命，我在歷史書上還沒有看到過。不過──不過，人家都說你們的始皇帝雖然不怎麼講理，可是，他派人築長城，對我們後人倒是很偉大很有意義的工作。」

　　　　「哼！很有意義的工作」，這位老先生幾乎用鼻子的聲音這麼說了下去，「意義在哪裡──在始皇帝的皇位身上，

　　在他兒子孫子的皇位身上。可是，為了他的兒子，卻死了我

　　的兒子——」（《四個結婚的故事》29-30）

古代固然在有形無形之中制約了現代，現代也會對古代發出回應迴響。在這段對話中，兩個相反的意識型態與知覺中心互相糾纏激盪、顛覆；作者深蘊的對歷史的批判，老骷髏對後人的指謫，所有這些都拜嘉年華會的精神引入小說中。（當然，這種不同語言或言語、不同意識的並列激盪，那就構成了眾聲喧〔的另一特質與意義〕）。而嘉年華的精神就是嘲弄（laughter）、就是革命[11]，作者不僅僅諧擬（parody）以及嘲弄了歷史上的光榮與偉大，而且對萬里長城此一象徵提出革命性的見解。

　　姚拓三個小說世界中的人物都有善良和偽善奸詐者，但是這些人物的性格大抵都是比較持平的，也就是說，姚拓這個小說家比較少把人物刻劃成截然涇渭分明。我們還是先引他以大陸為背景的中短篇來說明。短篇〈所南〉中的「所南」實為作者（此處恐怕不用敘事者為當）的大侄兒，讀書很笨，是一個徹頭徹尾（down-to-the-earth）的莊稼漢，也可能是鄉村社會淳樸和誠實的最後一個堡壘與象徵了。小說裡第一大段說所南小時「個子小、黑、瘦，兩隻眼睛無神無力，看見人從不敢講一句話」，他「在我們一家人的眼光中看來，最可憐最懦弱的孩子無過於所南了」（《四個結婚》146）。在第二大段中，所南時該快已三十歲了，「可是，我的侄子所南，仍然是他老樣

---

[11] Michael Holquist 在給巴赫汀的《拉伯雷及其世界》寫的序曲（Prologue）中說：「（Carnival）is revolution it self」，頁 x viii。

子：訥訥地半天說不出一句話來；白天帶著老黃牛去耕地，晚上伴著老牛睡在牲口圈內」（前引書 152），他臉上找不到快樂，但也找不到一丁點兒痛苦。而就是這麼一個莊稼漢，他竟幫作者耕種管理土地，然後把每年的收成，「一文未動，全代我保存著準備我結婚使用」（前引書 153）當作者知道後要把這些血汗成果贈送他，他竟然不肯接受。當然，我們可以這麼說，所南就是中國農民形象幾千年來的最佳縮影及象徵，我們仍可在他身上看到中國人最純樸的親情與美德。可是，一想到他的怯弱與木訥，一想到作者一直都採用詼諧揶揄的口氣來描述這個莊稼漢，我們就意識到作者並無意把他寫成一個毫無瑕疵的「富貴野蠻人」。在寫作手法上，我們發現除了整篇洋溢著的那種略微詼諧的喜劇式語調之外，貫穿整篇小說的兩種言語，兩種不同的社會意識，這兩種不同的言語和意識既黏又離，構成一種既向心又離心的張力，而這些正好就構成了作者文字的風貌（language profile）。

在中篇小說〈五里凹之花〉裡，作者似乎有意把張希文刻劃成一個風流倜儻的採花賊之類的人物，可是他跟敘述者小唐和周阿塞抵達滇西怒江第一線以後，我們只看到他常常去泡白夷姑娘之外，另有一次就是阿塞警告小唐，千萬不可把後者想帶楊小芳私奔的計畫告訴張希文，因為阿塞自從在保山認識後者後，他就認定「〔張〕這個人永遠不會幫助人的，只想到他自己，」他並且要小唐「以後要特別小心他！」（《五里凹之花》29）。從此以後，張在這個中篇裡的功能就突然消失了。坦白講，張希文在整個佈局來看實在是一大敗筆，他因失戀而從軍，他能彰顯敘事者小唐的功能實在有限；

他邪惡嗎？似乎未必；他是一正面人物嗎？當然也未必。介乎小唐與張希文之間的阿塞這個小個子小軍曹才是一個智多星型人物，小唐跟楊小芳私奔能成功完全靠的就是他的運作。在整個故事中，他的言語，社會意識最鄉土、最實際，而且實際得變成對社會體制構成一顛覆力量；他是一行動者，幾乎是見義勇為的綠林英雄；在他之上並行並排的言語、言談應是敘事者小唐的，在其下並行的才是張希文的。他們的言談就仿佛同時釋出的管弦樂音，眾聲喧嘩一番。比較而言，阿塞的言語有點像〈萬里長城〉裡那個老骷髏的，充滿了笑謔和嘲弄。小唐與楊小芳私奔是戰時大環境裡的一個傳奇。

　　在以大陸為背景營造出來的世界中，像所南、阿塞這樣令人不能忘懷的人物還有好幾個，〈彎彎的岸壁〉裡的張家老太太，她在人生旅程最後幾年竟然想要跟夏天的山洪搏鬥，糾集到三幾個兒孫就想要改變河道。她可是魯莊當代的愚公的諧擬，其倔強向外在勢力低頭的鬥志與精神畢竟令人敬佩。〈趙承祿〉裡的唯一主角趙承祿為一邊緣人，部隊裡可有可無的伙伕；他常挨上司的拳打腳踢，他唱；「黑頭」大花臉的戲，聲音竟尖銳得在唱小生；他是部隊裡開同樂會時的笑筒，士兵鬆懈單調緊張生活的調劑。〈半塊燒餅〉裡的向嬸子，長得又高又胖，在逃難時被饑餓交迫的丈夫以三十斤麥子的代價賣給了長得像三寸釘般的向叔叔，這一對瘦牛獅子配當然充滿諧趣。但是，叫我們笑不出來的可是她對前夫那種千萬年都磨滅不了的銘心刻骨的愛——為的就是因為他在他們分手時塞了半燒餅給了她吃！〈德中哥與德中嫂〉裡的一對主角，結婚後不久就分床而睡，一輩子到逝世以前都互不通話；他們把婚姻的不諧歸諸命

運；等到他們最後終於通話時，那已是她留在人世間的一句話：「我
們……為啥……為啥不講話……不早一點講話……」（《彎彎的岸
壁》81）。在上提這些不幸殘缺的人物之後，我們不能不提到〈矮冬
瓜〉中這個無名無姓，長得圓滾滾的孤女；她像〈趙承祿〉裡的趙伙
伙，永遠是一個邊緣人。她出生後就被父母丟棄在孤兒院，二十歲
左右時在李老太太家幫傭，就在這時候，她竟被村中一個叫做阿蘇
的後備消防隊教練誘姦了。等她的孩子出生後，大家才發現「這樁
頂奇特的事情」（《四個結婚》7）。但是，舉村除了收養她的李老
太太之外，沒有一個人同情她，就連村長也不能主持公道。村長主
張把她的嬰兒送進孤兒院。姚拓正如在其他許許多多地方一樣，以
非常白描低調的文字這樣寫道：

> 一個月過後，矮冬瓜所生的那個孩子被送到靠近車站的一間
> 孤兒院內；是村長作的主。本來，這個孩子的母親也是從孤
> 兒院出來的啊！（《四個結婚的故事》19）

在第一個世界裡，人物大都是卑微的，而且像趙承祿和矮冬瓜這種
人都是受到壓榨及排擠的。在十六篇設景在大陸的小說中，除了〈矮
冬瓜〉採用第三人稱敘事觀點之外，其他十五篇俱用第一人稱敘事
觀點，這表示小說中的人及事大都為作者的親身見聞：作者常以諧
擬的語調、雙聲甚或三聲的技巧來處理形形色色的荒唐、荒謬事件。
在一個大動亂時代中，黑白是非很難分明，價值人性大都受到扭曲。
〈矮冬瓜〉裡的男主角阿蘇簡直是野獸可是；他出現時卻都是衣冠
楚楚，戴村裡的人都覺得他頂帥氣，他很有身份地位；他做了傷天
害理的事後，既沒有人詛咒他，也沒有人圍揍他。在整個誘姦事件

平息之後，有幾個村中老太太遇到他時只以反諷的語句問他：「阿蘇呀！你真傻，要找姑娘，怎麼不找個好的呢？」可是這種低調、反諷文字卻也是相當模稜兩可的。村長在下令把矮冬瓜的嬰孩送交孤兒院養育後他竟然忍心怒罵矮冬瓜「想死」，又說「你會把孩子養活嗎？憑你這個樣子！」（俱見《四個結婚》21, 20）從這些言語所透露出來的訊息是，能夠培養出像所南這樣誠實、淳樸的人的中國農村也可能養出像阿蘇以及村長這樣的人來的。姚拓並未全然美化、理想化農村：在他嘉年華式的靈視（vision）裡，價值判斷，黑白、是非都可能隨時隨地被倒翻過來。他並非一個徹頭徹尾的道德主義者，由於常常體驗到人生的無常與諧謔面，他也不願把人生做截然黑白二分來處理。戴村裡的阿蘇是難得一見的例外。

戰爭（〈「毒」他一遭吧〉、〈愧疚〉、〈二表哥〉、〈趙承祿〉、〈急公好義〉、〈四個結婚的故事〉和〈五里凹之花〉），飢荒逃命（〈辛酸的回憶〉、〈半塊燒餅〉和〈黑而亮的眼睛〉），賣妻賣子以苟延殘喘（〈半塊燒餅〉），道德淪喪（〈五里凹之花〉和〈矮冬瓜〉）、守活寡（〈二表哥〉和〈四個結婚的故事〉）、拉伕（〈二表哥〉）以及法律鬆懈（〈二表哥〉和〈火車上的滑稽劇〉等）現象，所有這些俱突顯出國家社會的混亂，法紀的傾喪，面對這麼一個大變局，我想能令小說家和讀者感到一點點欣慰的恐怕只有趙聚德的無怨無悔（見〈愧疚〉）、所南的親情、周阿塞的俠義情懷以及所有農民的安土重遷以及對鄉土的執著與熱愛。但姚拓於一九五〇年逃離這個飽經戰爭蹂躪的國變之後就不再回頭。

姚拓在香港只待了六、七年（1950-1957），完全以香港為背景

的小說只有七篇，這些都收在《二表哥》（1956）和《彎彎的岸壁》（1958）裡，收在他的處女小說集《二表哥》中的〈補鞋匠〉，寫一個獨身老鞋匠的日常生活，〈詛咒〉寫一個相當憤世嫉俗的年輕人，老鞋匠之安貧樂道跟年輕人之偏激實構成一強烈對比。前頭已提到，姚拓的一些小說其情節相當單薄，〈補鞋匠〉和〈詛咒〉就是這類小說的典型例子。我所謂的單薄除了缺乏情節變化之外，最重要的是作者對主角的心理刻劃缺少深度，讀後無法令我們獲得某種悟覺（像我們讀喬依思的《都柏林》中的短篇那麼樣）。我們不禁要問，〈補鞋匠〉裡的主角真的一無需求和慾望嗎？同樣是邊緣人〈詛咒〉裡那個年輕人何以那麼憤世嫉俗？是因為他還年輕而充滿慾望，慾望無法獲得滿足或宣泄？總之，在慾望的探索方面，作者並未給我們提供較深入的透視。在對香港這個社會的了解上〈補鞋匠〉和〈詛咒〉，可說是七個短篇中最弱的。

在五〇年代初期，香港的工商業當然不如現今這麼樣發達，可是當時流落其間多的是寓公、軍閥、工商業大亨等，但是這些階層並未進入到姚拓的小說中。他很忠實於他的經驗與觀察所得。〈小貓〉寫作者家裡養貓的經驗，〈奪「妻」之恨〉寫一個工廠職員仇榮為了報復女友被奪去的滑稽作為，〈船上的雞籠〉寫少女阿英終於掙脫水上人家的過程，〈高家的孩子〉寫高家夫婦逃難到香港後當起水泥工和女傭的那種際遇，〈家庭工廠〉寫荃灣一個鐵工廠內員工爭鬥終至工廠倒閉的故事。總之，這五個短篇所描繪的正是香港五十年代初期低下階層的面貌，有滑稽的故事，也有生活的辛酸和壓力，更有人性的醜陋傾軋與爭鬥。

在以香江為背景的這七篇短篇裡，我們發覺它們的對話式結構，眾聲喧嘩的特質比起其他以大陸以及以星馬當背景的篇章來，似乎顯得弱了一些，這似乎表示姚拓這個時候正在摸索建立他那種獨特的略帶諧趣、諧擬的風格的過程中。〈詛咒〉裡的那個年輕醉鬼，他在半醒半醉之中對宗教、對社會黑暗面以及對政治都採取一種揶揄批判的態度。在他的意識活動中：

> 「天國」是這群人混飯吃的「招牌」，假如真的有天國，他第一個最有資格進去的。因為在失眠的夜裡，他用自己的「鏡子」照過自己的心──一顆潔白真誠的心，沒有塵垢，沒有污穢，沒有虛偽，也沒有奸詐，「天國內正是這樣的人，」他說。（《二表哥》700）

作者對於這個角色的過往以及現今的清純一無描述交待，讀者在讀他的意識活動時橫越其中的可能是另一種略帶懷疑的意識（consciousness），甚至懷疑作者另有一種不盡然認可的意識貫穿其間，這樣一來，我們的閱讀即變成一種多意識的交響並喧。這個青年很可能就是作者的第二身（personna）；他的情緒波動很可能就是作者或其友朋逃離大陸後在香港落腳時的情緒反應。小說最後一句說：「他就是這麼樣的一個青年人，詛咒了周圍一切的事和物，卻寬恕了他自己」（《二表哥》73），這前兩句還可以算是客觀的描寫，最後一句卻隱隱約約洩露了作家的臧否，這就是巴赫汀所特別強調的多理路多風格的最佳例證。

前面已提到，姚拓小說中的世界常常會相互指涉、制約、激盪甚至顛覆，我們在前面討論〈萬里長城〉即已提熱帶對寒溫帶的互

相激越、顛覆，收在《二表哥》第一篇的〈「毒」他一遭吧！〉也能表現這種現象，這時不是熱帶對寒溫帶，而是香港對大陸雲南〔龍陵〕：敘事者與老黃在荃灣看到一個婦女雙腳被車輪輾斷的慘景，這情景誘使老黃敘述他在龍陵附近槍斃副班長周拴的種種。「來到香港的外江老」（《二表哥》4）大都不願將他們的「過去」向人提起。但是，他們的過往卻緊緊攫住他們。教歷史的老黃卻無法跳脫歷史的荒謬制約；教歷史只有更加深他對歷史的荒謬感到無奈。在小說結尾處，

> 老黃苦笑著說：「周拴固然應該槍斃——單在軍法上講，因為他不該搶人打劫。不過，他搶人的罪過，應該歸之於他本人身上呢？還是應該歸之於教導管理他的人身上呢？周拴可以死，也可以不死——只要我扣扳機時的心情再軟一點，這個猶疑的——剎那再延長一點」（《二表哥》15）

很明顯地，這是另一個言談的開始，這個言談顯示：成熟後的老黃（亦即教了歷史之後的老黃）因受到過往的制約而開始在解構其人生觀、歷史觀與宇宙觀。我們固然可以說，周拴的死是軍法造就的，可是荃灣那個不幸被車子輾斷了雙腳的婦女呢？作者在描述這兩件慘事時，採取的是一種諧擬的筆調，而諧擬當然就是嘉年華精神的一種展現，但這裡顯然並沒有嘲弄的意味在內。真正要嘲弄的恐怕是老黃這個鼻樑上架副近視眼鏡的「標準」書生（《二表哥》2）。

在其餘五篇以香港為背景的短篇裡，〈小貓〉這篇寫的雖說是養貓經驗談，卻也是眾貓協奏曲；〈奪「妻」之恨〉寫的是一個當代漢姆雷特的荒唐行徑；〈家庭工廠〉一開始即以滑稽詼諧的語調祭

起上海幫與廣東幫兩派人馬的對唱——以誇張的仇恨語調詛咒一間已倒閉了的鐵工廠。比較缺乏幽默意味的恐怕只有〈船頭上的雞籠〉和〈和高家的孩子〉這兩篇了。寫得最精彩的應為〈奪「妻」之恨〉，次之〈船頭上的雞籠〉。先談後一篇。

〈船頭上的雞籠〉寫寫水上人家阿英少女懷春的心理，這一篇比較有那麼一點點喬依思的味道，小說中說「阿英沒讀過書，雖然不識字，但她心裡什麼都明白。媽媽不讓她上岸，她知道媽媽怕她野了心」（《二表哥》61）。這篇小說處理的就是，她最後畢竟野了心，投入一個她母親不讓她涉足瞭解的社會，後果如何，那可非姚拓這樣一位生性樂觀，心中充滿愛的小說家所願意去探討的；我們相信他不會把她投入煙花窟，像狄福把他的墨爾・弗蘭德斯（Moll Flandens）投入社會的萬花筒中，去經歷盜竊、被誘騙失身、接客、流浪和坐監牢等。不過不管怎麼說，〈船頭上的雞籠〉中的阿英不願一輩子像雞籠裡的兩隻母雞被囚禁在船頭上。在這篇小說裡，岸上那個被阿英的媽媽描述為「比碼頭的污水還要骯髒」（《二表哥》61）的世界無時不吸引阿英，無時不隱隱然涉入船上的生活。在這樣一種兩個世界的拉拔賽中，阿英終究被那個她一無瞭解的世界吸了過去。

〈奪「妻」之恨〉把仇榮這個現代漢姆雷特揶揄得非常徹底，他的報仇行徑充滿鬧劇式的悌唐諧擬，在整篇充滿誇張，高蹈的描述過程中，姚拓可把仇榮這個市社會裡的工廠小職員寫活了。仇榮復仇的利器是一把三角銼，在出發去報仇之前，他先把這把利器在沙輪上磨尖、磨亮，可是它就是「不發亮耀眼」（《二表哥》45），

讓他覺得有點不順利的感覺。小說第四段說他一想起情敵，

> 仇榮恨不得將〔張貴保〕這三個字生吞下去。「奪妻之恨」，
> 有什麼事比這更令人氣憤更令人難忍的呢！在仇榮的眼內；
> 「奪妻」是與「殺父」相關聯著的，雖然張貴保並沒有殺過
> 他的父親（連見也未曾見過，雖然張貴保現在的太太楊芝霞，
> 從前也沒有做過仇榮的妻子；可是，在仇榮看來張貴保實實
> 在在是奪走了他的未來的太太。（《二表哥》45）

姚拓作為一個幽默、喜劇式作家的天份在這裡已發揮了出來，他隱
隱然將張貴保跟漢姆雷特的叔父克勞迪斯（Claudius）並比，但是張
並未謀害仇父且也並未搶奪過其妻子，這就是整篇小說所建構的反
諷與諧擬之所在了。姚拓不僅諧擬、嘲弄、而且也不斷譏諷仇榮這
個主角。當仇榮終於預演完畢，下定決心去復仇時，他已先想到殺
人後上法庭等等後果。當他到了張貴保家中，他那副手足無措連西
裝都不敢（也不能，因為左袖裡藏著那把三角銼）脫下來的窘促相，
在在都令人忍俊不下。「最後他像從戰場撤退一般逃離了張貴保家，
疲勞、昏暈、無精打彩地」（《二表哥》57），他還問自己：「為什
麼不宰了他呢？匆匆地去演了一出活劇！」（《二表哥》57）諧諷、
諧擬、嘲弄等等都是嘉年華會的質素，除了這些以外，這篇小說還
蘊含了多聲、多言語、多世界的特質：作者詼諧，嘲弄的語調跟各
角色的語調畢竟不同，上海跟香港這兩個十裡洋場也畢竟不同，但
言語和聲音卻都同時在鋪敘中展現，上海這個不見著墨的城市最終
卻把仇榮吸了回去，這些的這些就是巴赫汀的眾聲喧嘩了。

　　姚拓對香港的了解畢竟是片面的，他對星馬的瞭解也僅限於公

司職員、報社編輯、中小學教師和推銷員等，他無法也不願切入到上等人家以及販夫走卒，園丘膠工的生活圈裡去，這就是他忠於生活、樸素可愛的地方。以星馬為背景的中短篇，他一共寫了十六篇，寫得最精彩的有〈走死運的人〉、（收在《四個結婚的故事》和《姚拓小說選》之中、〈義務媒人〉、〈降頭〉、〈奇跡〉以及〈職業病〉（俱收在《姚拓小說選》之中），寫得比較弱的恐怕要算〈約會〉、〈落雨的旅程〉（俱收《四個結婚的故事》中）以及〈不記名投票〉和〈九個字的情書〉（俱收入《姚拓小說選》中）。（我認為弱的主要是因為情節的發展最後並未給角色讀者帶來多少啟迪，而並非情節複雜的問題。[12]）

先討論上未提及的中篇〈黑而亮的眼睛〉。我們在前去討論《五里凹之花》時曾提到作者有把一個寫實故事寫成一個傳奇的傾向，在〈黑而亮的眼睛〉中，情節的發展越到結尾顯得越快，程汾因為車禍而割去了左小腿而顯得自卑而要避開司徒明是可以理解的，至於說到他為了逃避司徒明而北上香港謀生，這種安排就顯得相當勉強（因程並非來自香港）。另一方面，小說末尾三個角色在碼頭的

---

[12] 郝毅民說他讀姚的〈九個字的情書〉，看了不下四次，因為「這篇文字反映了老拓內心深處的一個喜的信念。所謂『緣』乃是一種相互協調、相互助長的動的狀態」（51）。在這裡主要在談論「緣」的重要性，作為一個東方人，這一點，恐怕沒有多少人會反對；至於郝從這短篇中看出姚拓事業的成功等等，那未免就太牽強了。我認為作者如果把這個以兩個青年男女在車上不約而同交換「九字情書」為基礎的故事納入其他小說中，並用以顯現男女主角的愛情也許會更恰當一些。當然，這只代表了我個人閱讀上的一些偏見而已。

追趕場景幾已是寫成鬧劇了。總之，我們要瞭解這個中篇似乎非從作者的喜劇意識著手不同。姚拓不安排司徒明在抵達星洲後遭到壞人計謀誘拐而安排一個代替性白馬王子洪宇來幫她解決問題，甚至到最後程汾開刀都由這機械神（deus ex machina）來主其事，讀者在閱讀過程中能不感到一陣陣詫異才怪呢。我們如果從這個脈絡來欣賞這中篇，則寫實之中摻揉傳奇，傳奇之中顯露了現實，那可就是這篇小說的創作邏輯了。司徒明最後一直追到船塢、船上去跟程汾結合，這當然受到作者的喜劇意識的支配。

〈黑而亮的眼睛〉中有其他世界（上海和香港等）的指涉，上提寫得最精彩的幾個短篇也有這種若隱若現的指涉，〈義務媒人〉的敘事者從新加坡到吉隆坡，老夏「是從中國來的」（9）：〈降頭〉裡的降頭師父「原籍是泰國人」（106），其法力更來自飄渺的超自然界；〈奇蹟〉中的現在深受第二次世界大戰時雲南龍陵所發生的事故所制約；〈職業病〉中的「我」是一位來自香港的中學教員，男主角史宣文三年前來自中國，而他的親生父母現今住在泰國。這些外在指涉有時候是關鍵性的，如〈奇蹟〉之所以會發生奇蹟（日本外交官廣良適時出現來輸血而挽救了敘事者的太太一條命），那是因為敘事者在南龍陵曾輸血救了廣良一命；〈義務媒人〉中的老夏不僅來自中國，而且是「既無父母，又無親戚」（9），他這種背景相對於他的未來岳母那種獅子大開口，既要禮金、禮餅，而且要逼他大事宴客四十桌才肯把女兒嫁給他，那實在很容易激起別人之同情心，可是就是激發了他未來岳母的同情心——所以這些就造就了整篇小說的幽默與諷刺氣氛。至於〈降頭〉中泰國貢頭師父的超自

然世界，你說它一無影響嗎？假使一無影響，姑媽和素芬又何必去找那個泰國貢頭師作法？〈職業病〉中的敘事者不久就得回到香港，可這並不影響到他想協助、開導史宣文的決心；為了協助後者，他甚至差一點跟擔保他入境馬來西亞而且是他太太的表哥的校董鬧翻了臉，作者在敘述這件事時是這樣說的：「我（敘事者）來馬來亞已經三年，令我特別喜愛馬來亞的原因之一，也就是到處充滿了如同周先生這種人的『人情味』」（72），讀者一想就了然，到底是來自香港的敘事者抑或是居住在馬來亞的周先生充滿了人情味。總之，小說中他性（otherness），他域以及其他觀點的提出才促使小說中的對話性（dialogism）變成可能（《對話想像力》423）。

　　諷刺、反諷和諧擬等俱是姚拓小說的主軸，這可是他逃難到香港之後開始創作時就慢慢地建立起來的風貌。在他的第一本小說集《二表哥》中，我們發現他的嘲弄語調和姿態還相當粗糙；但是到了他寫〈義務媒人〉、〈降頭〉和〈走死運的人〉這些短篇以及〈職業病〉這個中篇時，他已把嘲弄和諧擬的藝術推展到極高的境界。〈義務媒人〉不僅僅諷刺，嘲弄傳統的結婚習俗，最主要還是找挾此習俗以自重的金家阿姨這個不講道理的人：〈降頭〉譏嘲的不僅是志光這個建築公司職員被一個叫做趙菁菁的迷惑住了，甚至連素芬這位受過學院教育的小學教師以及泰國貢頭師都被嘲弄了。〈走死運的人〉諷刺的是整個冷漠且以商業為走向的馬來西亞文壇以及馬來西亞社會，甚至可以說，姚拓要揶揄、諧擬的是創作這一行業。作者的開頭即以諧擬（諧擬一則天經地義的迷思）的語氣寫道：「文人們的唯一缺點，就是偏偏向死角裡鑽，一鑽進去，任誰也拉不回

來，周志奮既然走上這條路，命裡註定非窮不可」（71）。到了最後，為了給太太及兒女賺取社會的同情，他非「死」不足以擺脫噩運，因此他最後只得隱名匿姓，自己「塗銷」自我，以便讓聲名以及版權等後代賺取生活費以及人們的「尊崇」。除了上提這些我認為是最精彩的中短篇或是部份或是通篇充滿嘲弄和諧擬之外，其他如〈兩列矮房子〉（收入《彎彎的岸壁》）、〈保險生意〉、〈無謂的糾紛〉、〈捉鬼記〉以及〈神經漢〉俱收入《姚拓小說選》）等短篇也大都語調恢諧，並常蘊含了譏諷和諧擬，這裡就不擬細論了。

雙聲、雙言語甚至多聲、多言語一直都是姚拓小說的一個重要特色。在以星馬為背景的中短篇小說裡，這種特色有增無減。〈兩列矮房子〉顯然有為了鼓吹各民族和諧相處，互相救助而創作的說教味道，但這篇小說之所以能叫人卒讀恐怕應是多語言與多聲音的逐漸融合。朱先生夫婦代表的是知識份子的觀點和聲音，他的各種族鄰居代表的「四五十種不同的職業，不同的身份、不同的信仰」」（111）；他們的有些職業如唱戲、舞女、守門人、小販、裁縫和電工等等可能並非朱家所能欣賞，他們的語言（英語、印度話等）以及觀點跟朱家的也截然不同，因此從他們搬入這兩列矮房子的一間之後，朱太太就一直叫嚷著要搬家，以免小孩子受到影響。他們最後之所以能接受他們並開始設法教導他們的孩子，那是因為他們不分彼此以愛心為出發點，在一次車禍中救助了他們的孩子小星。同樣的情況，在〈義務媒人〉裡，敘事者也是一個小學教師，他想給金家阿姨的女兒物色的意中人夏大福也是一位教師，大體而言，他們用的言語和觀點比較實際，這跟滿口金牙閃閃發亮的金阿姨的並不

一致。因此就造成了相互抵觸、制約，甚至顛覆的狀況。這整篇小說就在這種雙音、雙重觀點的相互抵觸、制約的情況下進行，他我（the other）和他性（otherness）一直是敘事者這個「我」隱隱約約的背景或指涉。同時，由於雙聲的應用，風格因襲（stylization）、諧擬、潛藏的爭論，對話與潛藏對話等才能成為小說語言的風貌（Bialostosky 217）。

　　〈降頭〉雜糅了寫實技巧、傳奇故事甚至言情小說的諧擬，〈走死運的人〉，則揉合了寫實、譏諷和傳奇，這兩篇短篇所擁有的風格、多聲音當然體現了眾聲喧嘩的特質。〈降頭〉中的志光放著妻兒不理而去迷戀酒吧女趙菁菁，等到他被他表哥表嫂等逼問得緊了，他終於回答：「你們既然逼著問我，我只好說給你們聽：菁菁愛我，我愛菁菁！」（100）毫無疑問地，這是傳奇裡以及言情小說中的口吻與聲音的模擬，而敘事者的意識和聲音則是：

> 假如不是怕激怒面前這個傻瓜，我真想按著肚子大笑一場。二十四五歲的大男人，居然會說出這麼幼稚的話，「與吧女談戀愛」，呸，如不是糊塗透頂，便是鬼迷心竅，也許真的是被人下了降頭。（100）

這是代表中庸、合乎理性以及是一種維護婚姻體制的聲音的模擬，而且是被作者的喜劇意識所仲介的一種聲音（這個聲音不說「我真想走過去揍他一頓。」），這種聲音並且受到了志光的言談所制約，顛覆了（「怕激怒……」），故而只有在敘事者的意識中閃現，並未發出聲音來刺激志光這個「傻瓜」。等到敘事者和太太美霞要志光比較菁菁和他的太太素芬時，小說中說：

> 「素芬哪能和菁菁來比」志光的眼光中充滿了喜樂，「菁菁
> 是一團熱火——」「難道素芬是一塊冷冰？」美霞大聲地為
> 素芬抱不平。「素芬，嘿嘿，」他笑了笑，「木美人！」（101）

這段文字除了潛藏中的譏諷之外，其最明顯的功能莫過於諧擬——
諧擬所有「與吧女談戀愛」的故事。這個諧擬達到極點時是菁菁跟
志光約好以「死」來證明他們倆愛情的纏綿和深厚。既然是諧擬，
菁菁和志光最終都被救活了過來，以見證他們做的都是「傻事」
（115）。

　　總之，這是一篇既富寫實精神又兼愛情傳奇風味的故事，讀者
很難指證，那一段是寫實技巧的終了，又那一段為傳奇故事之起始，
因為它們二者的相互指涉，仲介得太巧妙了。這就是姚拓的最佳小
說的文字風格。

　　〈走死運的人〉絕不比〈降頭〉和〈義務媒人〉等其他以星馬為
背景的小說為差，我個人甚至認為，它跟〈愧疚〉、〈矮冬瓜〉、
〈所南〉、〈半塊燒餅〉、〈奪「妻」之恨〉和〈德中哥與德中嫂〉
等是姚拓小說中之傑作；作者所應用的寫實、譏諷和傳奇技巧互相
指涉：由這種文字肌理構成的是一個寓言（parable），是一個有關創
作這一行業的寓言，而在這個寓言裡，我們看到了工商業社會（其
心態由副刊編輯時時以激情，濫情來要求作者表現了出來）對作家
創作心靈的漠視、糟蹋、戕害。周志奮這個五十開外的文藝作家，
他代表的是一種孜孜不息，堅韌奮鬥的精神（指「有志於奮鬥」），
雖然他每月所寫的稿子，要比他頭髮烏黑的青年時代所寫的多兩倍。
可是，他們家庭的生活，「卻反比地一天比一天下降」（《四個結婚

的故事》70），有一天在拜會編輯而受到羞辱後，他竟想到以死來逃避，而正好就在這個時候，他遇到了一場大車禍，作者即以此大車禍為分水嶺，逐漸把一個活生生的社會諷刺故事轉換為一則傳奇：他必須隱埋其「肉身」以博取世人的同情，以「死」來激發研究者對其作品的重視。

最後，我們大概可以這麼說，姚拓小說世界中的人物都是他所熟悉的中等人家以及中下階層人物，他們要非遭遇兵燹流離就是遭受生活的壓迫，發生在他們身上的事故大都相當荒誕不經的。他們並非什麼大英雄（作者數次提及他在雲南龍陵的慘烈戰鬥經驗，但他都不以英雄來稱呼當時的領軍人物），而是生活戰場上的小人物。他對三個世界的瞭解有深有淺，它們往往會以對話的方式出現，相互指涉、仲介，甚至顛覆。姚拓小說創作的邏輯是諧擬和嘲弄。

引文書目：

Bakhtin, Mikhail, *Rabelais and His World.* Tr. Helene Iswolsky. Bloomington：Indianan UP, 1984.

Bakhtin, Mikhail, *The Dialogic Imagination.* Tr. Caryl Emerson and Michael Holquist. Austin：U. of Texas Press. 1981.

Bialostosky, Don. "Dialogic Criticism." *Contemporary Literary Theory,* Ed. G. Douglas Atkins & Laura Morrow. Amherst：U of Massachusetts P. 1989. 214-28.

Holquist, Michael. *Prologue to Rabelais and His World*. Tr. Helene Iswolsky. xii-xxiii.

王振科，〈在「美麗童年」掩蓋下的濃厚鄉愁〉，《蕉風》438（1990/09-10），頁 54-58。

王德威，〈魯迅，還是老舍？——中國現代寫實小說的兩個方向〉，《從劉鶚到王禎和》（台北：時報；1986），頁 103-126。

吳志華，〈姚拓「二聲」華語〉，《名人周報》1989/07/18，頁 44-45。

吳啟基，〈眾星環極，一火傳薪〉，《聯合早報‧文藝城》1986 年。

林瑞源，〈姚拓從少年文藝到老〉，《中國報》1986/09/15。

姚　拓，〈一連串的苦難歲月〉，《南洋商報‧南洋文藝》1988/11/29。

姚　拓，〈十年槍林彈雨中〉，《南洋商報‧南洋文藝》1988/12/15。

姚　拓，〈扳茶缸把子的日子〉，《南洋商報‧南洋文藝》1985。

姚　拓，〈命運沒有虧待我〉，《南洋商報‧南洋文藝》1989/01/13。

姚　拓，〈鄉下孩子的悲歌〉，《南洋商報‧南洋文藝》1988/11/21。

姚　拓，《二表哥》。香港：友聯，1956。

姚　拓，《五里凹之花》。香港：正文，1965。

姚　拓，《四個結婚的故事》。吉隆坡，馬來亞圖書公司，1961。

姚　拓，《姚拓小說選》。吉隆坡：蕉風，1981。

姚　拓，《美麗的童年》。香港：國際，1962；吉隆坡：蕉風，1990 再版。

姚　拓，《彎彎的岸壁》。香港：友聯，1958。

唐　林，〈姚拓的蝴蝶夢〉，《南洋商報》1990/08/30。

唐　彭，〈美麗的童年〉，《南洋商報》1990/08/16。

郝毅民，〈大處著眼，小處採光：認識姚拓〉。《蕉風》439（1990/11-12）：

頁 50-51。

馬耀民，〈「眾聲喧嘩」與正文的口述性〉，《中外文學》19 卷 2 期（1990），
　　頁 172-84。

陳水源，〈不是白開水，是茉莉香〉，《風采》1986/02/10，頁 24-26。

惠　霞，〈姚拓無盡的愛〉，《風采》1983/01，頁 40。

廖炳惠，〈論述與對話：巴克定逝世十周年〉，《中外文學》14 卷 4 期
　　（1985），頁 125-32。

[1993]

論小黑小說書寫的軌跡

　　這篇論文要探討小黑小說書寫的三個面貌／階段（英文裡的「phase」），這三個面貌／階段不僅能凸顯了作者藝術創作的連續性發展，而且也頗能契合、點出馬華文學發展的階段性特色和宰制。這三個面向是七〇年代的現代主義、八〇年代後期的後現代／解構和近期舒鬆自在或現代化了的新寫實傾向[1]。我這題目中的「軌跡」

---

[1]　當然小黑近年來（以即將出版的小說集《尋人啟事》為代表）的小說，並不盡然類似王朔的嘻笑怒罵式膚淺輕鬆的新現實主義；他近年的發展確已達到舒捲自如，寫實之中又挪用了現代主義的象徵和意識流等技巧，故採用了「現代化了的新寫實主義」，是用得有些勉強的。另一方面，談到分類，其實作者小黑本人早在出版第一本小說集《黑》（1979）時即已感覺到他自一九六九年開始創作到一九七八年似乎「已渡過了兩三個階段」（《黑》序，i）—指由現代主義「又轉回傳統」（可他並未確指第三種風貌是甚麼）。大陸學者郭建軍把小黑從《黑》到《白水黑山》（1993）的創作過程分成先鋒、現實主義精神和「既是現實主義的又是現代主義的」歷史反思三階段（請參〈世紀末回首——論作為南

包括了「軌道」和「痕跡」，「軌道」當然指彈道或拋物線投擲、進行的路向，「痕跡」則暗指小黑自八〇年代中期以來的書寫已隱約包蘊了「即寫即塗銷」的對文字符號功能的理解[2]。採用「書寫」而不用「創作」或「作品」同樣表達了我對作者的現代性／後現代性理解。

　　小黑從現代主義起家，他的第一本小說集《黑》（1979）即是他這種流派／意識型態的具體呈現。在這本處女集子的〈序〉裡，他曾提到七〇年代初他在馬大念數學時曾受知於當時《蕉風》的主編悄凌，讓他有「無限的自由」創作——即書寫他所認為的現代派作品而不會受到干預，「嘗試用最簡短的文字寫繁複的小說」（i）。在接受潘友來的專訪時，他提到自己第一篇「真正含有小說素質的作品」應該是發表在一九七〇年九月號《蕉風》上面的〈黑〉（輯入《黑》，73-75），寫一對現代夫婦在停電時的笨拙混亂表現[3]；同時，他也提到他初中時很喜歡閱讀魯迅、周作人、郁達夫和沈從文等名家的作

洋反思文學的小黑小說〉，95）。

[2] 「痕跡」係由迻譯德希達的論文〈衍異〉（"Difference"）中的 trace 而來；德氏認為利用符號所能捕捉、攫住的意義、概念或實有其實只是痕跡的痕跡，是一種不得已的認知手段。請尤其參閱這論文的頁 23-26。

[3] 小黑在接受潘友來的專訪〈小黑談小說〉（收入《黑》，131-37）中曾提到創作這篇小說的緣起（132）。在同一篇訪談中，小黑曾特別提到他父親和祖母對他的影響（132-33）以及他每一篇作品多少都染上自傳色彩（133, 134），例如收輯在《黑》中的〈墓〉、〈父親〉、〈跳躍，還是在軌跡中〉和〈其實今天不是祖母的生日〉等篇。此外，他第一本散文集《玻璃集》（1983）中的〈捽角〉、〈爸爸〉、〈父親的字〉、〈落寞的父親〉和〈母親愛工作〉等等都透露了一些他親生父母的為人和個性。

品，因此，他「早期的作品就多少有他們的影子存在。」不過，他還是強調他「寫小說純粹是靠自己的摸索」（133-34）。由於作者是這麼說的，因此我們很難在他的散文集或其他地方找到他其餘的根源，例如有否讀過英國的喬伊斯、美國的福克納、海明威、奧地利的卡夫卡、拉美的魔幻寫實小說如馬奎斯的《百年孤寂》或是大陸的韓少功或莫言等[4]，可是我們讀他的文本有時總讓人覺得他對這些作家（尤其是卡夫卡）應有些了解。

現代主義與寫實主義有一點是相通的，它們都寫都市，寫人在都市中的生活情境，強調文字的無限魅力（因為文字能表現真理和現實）；一個重視挖發內心世界，一個看重客觀的反映。總的來說，現代主義在美學上要跟傳統切斷關係並重新建立感性和思維的方法，而表現在文本上的就是人類的疏離、虛無、消極、放逐和流亡等存在狀態，總之就是世界的荒蕪狀態。可是一般批評現代主義的人常常忽略的是，這些表象的抒發、書寫僅僅是手段，目的是要在這些表象之下追尋秩序和永恆，因此現代派作家的態度是批判的、不妥協的。一旦我們抓住了這些要素之後再來欣賞小黑早期的作品，我想我們應該有更大的收穫。

首先，我們在探討小黑的第一階段的文本《黑》時，我們無法確定他對現代主義是否已有了上述這一段論述的理解，但是可以確定的是，這時候，他的態度相當嚴謹，他「嘗試用最簡短的文字寫

---

[4] 在〈紅樓夢〉這篇小品裡，小黑說他曾三次嘗試著要把《紅樓夢》讀完，但每次都是三冊只看完一冊就釋手不幹了，因此，他甚至懷疑《紅樓夢》的名聲是否就像張愛玲和魯迅是被捧出來的（《玻璃集》，77）。

繁複的小說」。他的感性是現代的、技巧（例如應用意象群、象徵和意識流等手法）也是現代派的。《黑》中有些篇幅非常短，像〈黑〉、〈胃〉、〈開玩笑〉、〈他是媽媽的孩子〉和〈（貓）和小鳥和螞蟻和人〉等篇都是屬於大家到了八〇年代大力提倡的一種文類—極短篇，可小黑跟許多極短篇作家大異其趣的是，他的手法是現代主義的，而且往往讀起來蠻有卡夫卡的味道。茲引《黑》中最短的〈（貓）和小鳥和螞蟻和人〉如下：

> 一隻小鳥斷了頭（貓咬的？貓咬的。）。許多螞蟻啃噬牠。一個人走過，拾起鳥屍丟進火堆。鳥屍和螞蟻都燒死在火中。地上還有亂竄的螞蟻。那個人用腳抹一抹，螞蟻都死了。（29）

像這樣白描、冷凝的書寫，平面化，沒有什麼衝突與高潮，完全破壞了傳統寫實浪漫小說的成規，這在二十世紀二〇、三〇年代之前根本不會有人認為它是小說；卡夫卡當然寫了不少這樣平面白描的極短篇（那時人們亦未創制出這麼一種名稱／文類／標籤），故讀起來頗叫人聯想到卡夫卡以及六〇年代初台灣《現代文學》上面發表的一些類似的現代小說。小黑這種冷凝亦表現在〈老人〉和第二篇題作〈黑〉的極短篇：他很冷凝地書寫、很冷凝地面對存在的荒謬境況，而且對人物心理的刻劃都極為含蓄、簡要，簡要到會讓人忽略了他是在刻劃人物的心理活動。前一篇是老人執意挑釁年輕的兒子而被誤殺，後一篇書寫生活在地獄般黑暗的一群老人的怪誕心理，它們都只有兩百來字，有一個類似寓言的殼子。岳玉傑在評論小黑的兩篇同題的〈黑〉時提到，小黑「這兩篇小說都單刀直入，直奔人

物心理」（71-72），有評論者於是揣測，小黑為什麼那麼喜歡黑色，
「因為黑色是一種幽邃深沉的顏色。從創作〈黑〉至今的二十餘年
中，小黑的小說一直探尋著人的幽邃莫測的心靈世界，也一直追求
著深沉渾厚的精神力量」（72）。《黑》中另外一個特色是，他擅於利
用人物的意識流量來暴露他們的動機和心智狀態，並把這些意識活
動與敘事交織在一起——此尤其是法國現代小說的一個特色；這種
處理手法當然不會是寫實主義小說的技法。

　　在閱讀、詮釋小黑的小說時，往往我們會發覺，要從頭到尾利
用一個標籤（例如「現代派」或「寫實派」）來框住它們是不太容易
的。在出版第一本小說集的〈序〉裡，小黑即已驚覺，在創作上他似
已渡過了兩三個階段。他係以現代主義／存在主義小說起家，收在
《黑》中的文本，「大多缺乏豐富的客觀社會內容，其意義既在於它
們是一種主觀色彩相當濃厚的荒誕人生的寫照（這正是現代主義文
學的核心特徵），又在於傳達出了一種少年人初次展望人生的落寞感
傷、無聊而又無奈的悲觀情緒」（郭建軍：95）。其實，早在七〇年代
末，他即已自覺「興趣又再轉回傳統，所以又再變換風格」（《黑》
序：i），《黑》裡的一些篇章像〈走江湖的夏老頭〉，寫一個老夫少
妻的辛酸生活，不過這個六十開外的夏老頭的種種際遇都經由敘事
者「我」的眼光透露出來，語調雖然平緩，卻是非常感傷的一篇。這
一篇短篇就寫得非常傳統，除卻夏老頭教唱的鳳陽花鼓頗能象徵其
淒惻的身世之外，其他就別無甚麼現代派的花俏。同樣地，〈亞妹〉
寫一個寬嘴、大眼睛、很庸俗的十五歲女孩思春的故事，這女孩顯
然是看上了剛到一間山城雜貨店工作的「我」，一直藉機來找敘事者

攀談。作者雖把引號袪除，讓對話跟敘事糾結在一起，可是讀起來，我們並未看到意象、象徵、反諷或是其他前衛的技法，只覺得它是一個非常平淡的少女思春的故事而已。《黑》這個集子最後一篇〈謀之外〉對比山下城市的慾望世界跟山上小鎮的寧靜，或者說表現物質的慾望掩蓋了親情。在這裡，小黑已改採第三人稱的萬能敘事觀點，很費精神地把一個猥瑣的山城腳踏車店老闆忐忑不住的猜想心理描繪得很生動，然後又是那些袪除引號的簡短談話。如果我們仔細觀察，我們就會發覺，這整篇都以主角福安的意識為中心點，整篇似都由他的意識所鋪展而成，既有心理的深度也有細節、對話的真實。小黑自己所說的第二個階段，應該就是這種過渡：從現代主義冷凝、冷寂的實驗性探索逐漸進入到對社會人生的關注；他創作的範圍不僅僅擴大了而且更為深刻了[5]。

　　小黑小說書寫的第二個階段／風貌應該包括三本小說集：《前夕》（1990）、《悠悠河水》（1992）和《白水黑山》（1993），它們的出版相距只有三、四年。在這裡，小黑創作的題材已從周遭事件、個人感觸擴大到社會國家的變異，例如《前夕》中的〈樹林〉再現的是「母親」和「父親」相繼走入「樹林」的敏感課題，〈十‧廿七的文學記實與其他〉再現的是一九八七年十月廿七日大馬政府執行「茅

---

[5] 我這樣推論是有一點倉促的，輯入《黑》中的其他篇章雖然大都沿襲著以意識活動來鋪展情節，可它們多少都對現代社會的物化、異化、人與人之間的疏離（以致常常變形的慾望出現）、人生的虛無、荒謬和自我流亡等等有所探討，由於我這篇論文僅只意圖展現作者的創作「軌跡」而非每個階段的全貌，因此也就把許多個別分析、詮釋略過了。

草行動」大逮捕所造成的風聲鶴唳，《悠悠河水》中的〈黯淡的大火〉企圖重塑大馬獨立之前後華校改制為國中對後代的影響，《白水黑山》中的短篇〈細雨紛紛〉書寫一對母子到泰馬邊境的和平村去會見親人的愁苦，然後就是小黑唯一的中篇《白水黑山》再現楊家、陳家和白猴三個家族的興衰，而貫穿這個類大河小說（saga）的縱線是大馬五、六十年來政治、社會和經濟的演變（抗日、反殖民和東西和解）。這些課題所觸及的範圍都非常龐大、尖銳而且敏感，稍一不慎即會誤觸地雷區。可我們的小說家小黑卻秉持其一貫的敏銳、剛健和深沉，以無數小敘述來解構再現歷史「真實」，而他在這個階段所運用的技法是詹明信所說的「拼貼」（collage）和蓋斯（William H. Gass）所強調的「後設」技巧（見渥厄的論證，2-4；錢、劉譯文：3-5）。

先討論一下這三本小說集中其他較少採用拼貼與後設／解構的技法的篇章。《前夕》裡的〈遺珠〉寫敘事者「我」不斷追索「珍珠」（象徵希望和生命之源泉）的過程，《悠悠河水》中的〈如何建立一座花園的夢〉寫退休公務員漢魯西丁在墾拓屋後墳場／荒地成為城市花園遭逢到的奇特際遇，這兩篇都沿襲《黑》中的〈老人〉、〈黑〉和〈困〉等所發展出來的寓言式結構，既然是採寓言結構，時空壓縮甚至無限延伸、人物或變化或生死替換，這些錯雜、悖理等非常舉措俱都可視為「正常」。在這樣的透視底下，〈遺珠〉篇中的敘事者能沿著另一位主角所滑走的時間軌道 switch 一下「跳進他昨天已經啟程的道路」（94），然後在一瞬間抵達傌莫考古博物館（那是一座坐落在泰馬邊境的印度神廟廢墟，代表的是「古文明的發源地」

（96））去進行他虛實相間、甚至荒謬怪誕的「探險」！實際上，作者所要表達的無非是：對一個族群所謂的希望的泉源、對另一個族群來說可能是災難[6]。同樣地，在〈如何建立一座花園的夢〉兩度「冒出來」的黝黑枯瘦的小孩之為真為假，其實已屬次要的課題，因為他完全是由男主角呼喚／虛構出來哄騙鄰里以達成他開發屋後荒地的「道具」，他當然談不上是甚麼精靈或神仙之類的超自然力量。

坦白講，這種寓言式結構確實給小黑的小說書寫開拓了一片天地，使他能把看似荒誕的情節或是有關族群的相互猜忌等這種比較「敏感」的課題都納入其虛構的世界中。尤其值得重視的是，他在〈遺珠〉中把科幻小說的技巧如壓縮、打散時空距離、人體變異等都應用上，使讀者進入到一個如真似幻又如幻似真的境界，這在大馬華文文壇，除了陳政欣在其極短篇裡不斷採用之外，其他小說家鮮少有這方面的嘗試及開拓。很可惜的是，小黑僅只有在這短篇中把這些技巧開拓得最淋漓盡致（《尋人啟事》中的〈回鄉〉僅只應用了時空錯置這一技法而已）。

比較而言，收輯在《前夕》中的〈樹林〉（後又輯入《白水黑山》之中）、〈前夕〉和〈大風起兮〉、收輯在《悠悠河水》中的〈Sayang, Oh! Sayang〉、〈黯淡的大火〉、〈悼念古情以及他的寂寞〉和〈悠悠河水〉以及收輯在《白水黑山》中的〈細雨紛紛〉這些短篇，表面看似大都寫得極傳統且又寫實，鄉土味濃厚，像〈樹林〉觸及華人走入

---

[6] 小黑在這篇短篇裡所要表達的涵意非常繁複，其中包蘊了族群、文化、政治等衝突、華人與印度人的南遷、樂土的追尋等等，由於我的重點在探討小黑小說的營構技法，這些就只有略去了。

森林當馬共，〈前夕〉描述一個家族對投入國會議員選舉的不同反應，〈黯淡的大火〉再現大馬獨立前後華文中學改制時的風潮以及〈細雨紛紛〉寫一個兒子陪同媽媽到泰南和平村去會見她恍如隔世的丈夫，像這些素材（尤其有關華人潛入深山投共而去的種種傳聞及真實場景），都是比較少有作家（黃錦樹算是其中的一個例外，但他跟小黑一樣，書寫時大都採取陌生化技巧來把距離拉遠，並且執意模糊場景等）願意去觸碰的[7]。小黑不僅僅膽量十足，最重要還是觀察力敏銳，不會為了「政治正確」而預設立場，主題先行。經過了現代主義的洗禮，他跟馬華文壇上一批所謂的寫實派作家不同的是，他絕不會為了標榜或投人們之所好而去書寫。像上提〈樹林〉和〈細雨紛紛〉這兩篇書寫華人投共的短篇以及再現華校改制的〈黯淡的大火〉，雖然作者都相當冷靜，並且採用了不少低調文字，但是主人翁的淒哀慘惻，事件對後人的深遠影響都能非常恰適地「表現／再現」出來。這些篇章尚應用到心理刻劃、意識流、象徵、陌生化、時空壓縮等技法，遽然評斷它們為「傳統而寫實」亦不盡公平。近日出版的《尋人啟事》當中當然還有三幾篇寫得極是精采，可就九〇年代初期出版的這三本小說集而言，前提這三篇再加上中篇的《白水黑山》，它們確是小黑這個階段的扛鼎之作，也應是馬華小說史上極為難得一見的傑作。

---

[7] 其實，自大馬政府於一九八九年十二月二日與馬共代表陳平簽訂和平條約以來，英殖民政府於一九四八年頒發緊急法令以推行剿共對大馬人民所造成的創傷記憶，再也不是甚麼禁忌，如何用恰適的技巧文字把那些驚險的流亡／記憶再現，這才是對作家的最大挑戰。

　　就小黑的小說創作進展而言，我覺得八○年代至九○年代初期是他的一個重要高峰。他從現代主義跨入後現代，與時俱進，上面討論到的那幾篇（例如〈黯淡的大火〉已採用時空壓縮和拼貼技巧）並不是最能展現後現代主義技巧和精神的作品，最能印證文風遞嬗和時代精神的應是收集在《前夕》裡的〈十‧廿七的文學記實與其他〉、收集在《悠悠河水》中的〈一名國中男生之死〉和〈悼念古情以及他的寂寞〉以及《白水黑山》中的中篇〈白水黑山〉。就東西方文學藝術的發展來看，我們發覺，伴隨著後現代主義盛期以來，歷史的大敘述和連貫性、文字作為書寫藝術的客觀「表現」的功效以及詮釋的霸權暴力等等理念都受到了質疑，落實到小說創作的實踐上，那就是小說家對敘事技巧、文字指涉成效的高度自覺，也就是對書寫的自我暴露與解構，這即涉及所有的後設行為[8]。就馬華小說家而言，小黑是最能攫住文壇宰執遞嬗的一位（另外一位應是在大馬的潘雨桐，其他兩位應是蟄居台灣的張貴興和黃錦樹了）。他的〈一名國中男生之死〉以社會新聞報導為拼貼，探討的正好是詮釋與再現的問題。我們知道，即使是最普通平凡的一件新聞報導，其中即已涉及報導者角度的拿捏、報社老闆的嗜好立場等，所以到最後所有見諸報章版面上的文字言說都是經過不斷角力剪裁後的單面相「事件」，距離真正的所謂「真實、真理」都蠻遙遠的。〈一名國中男生之死〉牽涉到的比上提這些還要複雜，對這名與祖父相依為命的優秀國中生何以會在一宗集體鬥毆中被刺殺，從警方的調查、讀者

---

[8] 請參見渥厄對後設的精神和技巧的說明。

投書等管道中，我們發覺這麼一件單純的刑事案件竟然會牽扯到學校校長、董事會與家教會（以及它們背後所代表的黨派政治）的鬥爭，經過這樣滾雪球般的牽扯糾纏，這名含冤而逝的中學生的事實根本就無法得到昭雪。

　　總之，這短篇所具體展現的就是傅柯所強調的言談／論述（報導）與政治權力的掛鉤，一旦這種共謀一形成，連最單純的事件都可能被歪曲。在這裡，小說家小黑不僅藉由一位國中生之死來反映、批判社會、政治，更重要的應該是在質疑文字再現事實真相的效力。〈悼念古情以及他的寂寞〉不僅批判了文壇的冷漠和無情，並且諧擬了大報給逝世作家做悼念專輯這種賣點。感覺敏銳的讀者應早已發覺，這個只有萬把字的短篇，作者竟把它切分成十三段，然後在第十段中竟然鑲嵌上四篇著名學者詩人的感性批評，而這之中又充滿了像「這是我國文壇的重大損失」這種陳腔濫調。總之一句話，拼貼加上諧擬，這不是後現代才有的技法又是甚麼？

　　〈十・廿七的文學記實與其他〉應是小黑這時期中寫得最真實（因為書寫一個剛落幕的政治事件），且又最虛構（由於全篇充滿諧擬、嘲諷和拼貼等後設技巧，甚至自我諧擬及解構）的一篇短篇；它要真實捕捉／再現的是一九八七年十月廿七日大馬社會所暴發的一個政治大逮捕事件（即所謂「茅草行動」）。像這樣一個涉及政治現實以及各黨派精英被逮捕的事件，在許多國家要由代表社會良心的作家來呈現都會是滿佈荊棘的挑戰，更何況「再現」這事件時只是發生事件後的第二年而已，歷史的沉澱尚未能完全把其鋒銳磨鈍，故小黑在第二次把它收進《悠悠河水》中時，還不忘在〈後記〉中把

它「輾轉於報刊雜誌間經年始（得）撥開雲霧見青天」的艱辛歷史（165）記上一筆。馬華批評家比較會注意到的是上提這些現實面，陳雪風在代表鄉青小說獎評審委員做總評時就說它對「『茅草行動』的前因後果作出了客觀的反映」，並且還不忘了提到它的藝術結構與表現形式「十分的新穎」（見《悠悠河水》附錄（一），160）。問題是，小黑如何客觀「反映現實」？這篇小說的結構與形式如何「新穎」？

　　我的解讀是，〈十・廿七〉這個短篇是小黑小說中最最後設的，舉凡後設小說中最常見的技巧和後設語言、文類諧擬、作者干預、嘲諷、弔詭、再現 vs.表現、歷史書寫與塗刮法（palimpsest）等等一概俱收。先說它的標題所潛藏的諧擬性和戲劇性。一個標題含有「與其他」或「及其他」這種雜項，作為散文（尤其是雜文）的書名倒是蠻常見的，因為它所軛住、所包括的異質性使得它可以包山包海，用在一本中短篇選集亦未嘗不可，可是像小黑這種用法顯然是蓄意軛突。照正常的邏輯思考，這個「與其他」所蘊含的異質雜項應是東西的瑣屑，可是我們的讀者一旦閱讀就會立刻驚覺，「與其他」一至四項可不僅是一張羊皮紙，俾把小說的內容／軀體包裹起來而已，「與其他」竟然包蘊著象徵男主角的出路的「霧海」，然後往深層一探測，作為這篇後設小說的楔子，「與其他」所包蘊的竟然更為複雜，它寫到探尋／報導事情真相的漢興———一個「自稱」是迷失了的男主角漢生教授的「弟弟」——竟然帶著一位攝影員去探訪以撰寫虛構故事（英文 fiction（小說）一詞原指「虛構」或「虛構的事物」）著名的「小黑先生」（《前夕》，132）！前面我們曾經提到新聞報導的片面性，對比於新聞，則小說所能體現／再現的當然更是痕跡之痕

跡（另一個弔詭是，作為漢生的親弟弟都無法獲知「漢生」（這個詞本身亦充滿涵義，也是一象徵吧？）的下落，則僅是漢生的朋友的「小黑」，又怎麼能知道呢？即使他也知道，那更應該只是痕跡之痕跡了）。既然「與其他」都具有顛覆性和解構性，則題目中的要項「文學記實」具有這些特徵就更不足為奇了。「文學」與「記實」並置是蠻弔詭的，它們所企欲捕捉到的顯然有本質上的差別，不過不管是對本體抑或是對現象的鋪敘、捕捉，在我們現在這個受過後結構主義洗禮的時代來看，這些企欲都只能算是「再現」或痕跡而已，它們的嚴肅性絕對不會像在現代主義或更早的現實主義時期那麼重。

〈十‧廿七〉這篇小說的主體同樣充溢著顛覆性和解構性。先說小黑用以再現「茅草行動」的文字。小說主體內容中有新聞報導（例如第一節裡的前兩段）、有文評（例如第一節第三段挪用了唐林評騭小黑的〈前夕〉那段文字）、有社會文化評論（例如第三節）、有何乃健以迄傅承得等人在大逮捕事件前後所寫而被小黑收編到小說中那些詩篇（其中還包括了作者自己所寫的那一首顛倒詩）、有小黑自己發表在《星洲日報‧龍門陣》上的專欄文字（例如第七節後半部），當然更有作者本身所施展的敘事文體，所以純粹從文字的雜糅功能這個角度來看，這篇小說本來就是要營構一種多聲多語的表象，獲致一種眾聲喧嘩的效果。

次論小黑這篇小說的技巧。文字應用自然是一種高超的技巧，除此之外，象徵、心理刻劃、陌生化手法、嘲諷、弔詭、諧擬、拼貼和作者干預等技巧的應用，才促使這篇小說變成小黑短篇小說中最新穎而且最後設的一篇。對於這些技巧的應用我並不想個別地來詳

論，只想略為討論一下諧擬和拼貼這兩種在後現代主義作品中最常應用的技法。題目中的「文學記實」不僅僅要質疑被小黑這個小說家挪用、拼貼到這篇小說中那些不同類型的文字／學的功效，而且更直指所有寫實主義文學的過分高蹈虛假——它們在現今看來僅都是一些小敘述，是作家「再現」（而非「表現」）現實萬花筒的「各說各話」而已。在推翻了寫實文學的高蹈虛偽之後，讀者就有了較大的詮釋空間，可以各說各話而不致被批判。這麼說來，小黑這篇小說最大的嘲諷和戲擬就蘊藏在題目之中。反之，諧擬除了造成這種顛覆性和戲劇性之後有沒有其嚴肅的一面？有的，我們在下面討論這篇小說的拼貼時再一起回答。

拼貼除了突破敘事成規造成唐突這種滑稽性之外，它也能促進情節的發表，並且做到強化主題的地步。在〈十‧廿七〉裡，除了所挾帶的那些說明性和評論性文字（例如第三節整段）之外，小黑一共拼貼了自己的一段小說、唐林的一段文評、自己的兩段專欄文字和包括自己撰寫的一首在內的七首詩。拼貼當然有諧擬創作成規的意味在內；此外，拼貼不同類型的文字片斷當然也可以獲得眾聲喧嘩的效果。但是從整體效果看來，小黑在玩文字和創作技巧的遊戲的同時，他亦有其積極和嚴肅的一面。這裡只談小說第一節拼貼了另一篇叫〈前夕〉的短篇那段文字，以及第十一節拼貼了小黑自己所撰寫的一首顛倒詩這兩者的功能。

他的〈前夕〉發表於政府採取「茅草行動」四個多月以前，寫的就是當時大馬社會、政治的亂象，各族群在歷經你批我鬥的口水戰之後已是處於劍拔弩張的狀態，〈前夕〉所描述的華族家庭的政治分

歧，無論從那個角落來看，它都是社會（尤其是華族社會）的縮影。非常嘲諷的是，由於政府在一九八七年十月廿七日採取逮捕行動，這篇小說亦因此擁有了「預言」的意味。小黑拼貼的那段文字見於〈前夕〉中腰（見《前夕》，38-41），寫二哥、三哥和小固的不同政治立場，可他們卻都能異中求同，為族群的和諧、國家的進步而奮鬥，「這之中只有小固最有國際觀，順理成章，他當然就是作者的『喉舌』」。小黑的〈前夕〉發表後，同年七月一日竟引來唐林的評析文章〈沉痛的輓歌〉（附錄於《前夕》，175-89），在這篇評論中，唐林看出三哥和小固是這篇小說中的正面人物，並說他們是「走向新生的一群的縮影」（小黑《前夕》，183）。小黑在拼貼〈前夕〉的那段文字之前，可能早就覺得唐林的評析並不能充分突顯小固的重要性，竟然球員兼起裁判來，在〈十‧廿七〉這裡說「小說中的幾個人物中，我寄以最大期望的是還在大學裡唸書的小固」（〈十‧廿七〉，133）；這種做法就是後設小說裡最富顛覆性的「揭露」（lay bare）行為，把自己的意圖暴露開來。接著，小黑就在小說情節的進展中一再拼貼文友及自己的各類文字，（在看似玩文字遊戲的包裝下）一來促進情節的發展，二來亦在凝積氣氛、彰顯題旨。

　　這樣一來，我們就不能不提到，小黑在這篇小說第十一節所拼貼的那首顛倒詩〈道理不是那人說的〉[9]的功用。一首探討有關說道理／真理的詩，它竟然是顛倒排列的，除了諧擬，它真正要批判的

---

[9] 此詩顛倒的形式極為獨特，唯一正確的版本經作者親自校對後，收入陳大為、鍾怡雯編《馬華文學讀本Ⅰ：赤道形聲》，台北：萬卷樓，2000，575-576。

就是有權有勢的人利用言談（discourse）在顛三倒四，製造無謂的混亂。從〈十‧廿七〉的情節發展，從作者所拼貼的那些片斷或整篇文字中，我們發覺〈前夕〉前後的一九八七年，大馬的政治社會的確是混亂得無以復加了，沒有發生比「茅草行動」更加劇烈血腥的事故已是不幸中的萬幸了。這首顛倒詩從標題〈道理不是那人說的〉到第十行的「有道理也是那人說的」再顛倒一番到最後一行的「那也是有人說的道理」，不僅「道理」可以「轉口」，連方塊字也以拆組以達成這種反覆顛倒，足見作者的批判倒是費盡巧思。

就對後現代主義和解構技巧的襲用而言，八〇年代末的兩、三年實為小黑的頂峰，收在《悠悠河水》中的〈一名國中男生之死〉拼貼了新聞報導和讀者投書，〈黯淡的大火〉末尾拼貼了三十一年前三月分群賢中學董事部三則會議記錄，〈悼念古情以及他的寂寞〉則拼貼了大報的三、四篇悼念文字，不過這些不同類型的文字都是出自作者小黑之手，因此，它們都只有拼貼的形式上意義而已。真正有實質意義就只有上面我花了不少篇幅來討論的〈十‧廿七〉這一篇。所以純就技巧的實踐而言，這一篇應是小黑小說書寫的分水嶺，後設小說裡常見的技巧如諧擬、嘲弄、弔詭和拼貼等等俱都用上了，然後戛然而止，不再純粹玩這些種技法的遊戲。

小黑唯一的中篇《白水黑山》寫於一九九一年，在時間上來講跟寫於一兩年之前的〈黯淡的大火〉、〈紛紛細雨〉和〈十‧廿七的文學記實與其他〉等篇並沒有太大的悖離，不過就小黑小說的創作歷程而言，它卻頗富承先啟後的意味。承先是說它的文字仍舊展現八〇年代以來所建立的洗鍊中包蘊著思想性，佈局剪裁仍襲用了〈細

雨紛紛〉和〈十‧廿七〉等故事重心都以倒敘中穿插倒敘來進展，可又不缺乏心理刻劃、意識流、象徵和超現實等手法的應用，看起來頗有洗盡鉛華的味道，而收在《尋人啟事》中最傑出的篇章像〈太平湖遊記〉、〈人鼠〉、〈誤〉、〈回鄉〉和〈甜言蜜語〉等多少都能保持著這些特質及況味。我說《白水黑山》有承先啟後的意味是僅從小說書寫的技法這個角度著眼的。

　　《白水黑山》表面上雖不似〈十‧廿七〉那麼後設、那麼後現代，其實骨子裡它仍是屬於這個脈絡的。它所包括的時空廣袤，其中有三〇年代白人的殖民、四〇年代的抗日、五〇年代的反殖民鬥爭到八〇、九〇年代以來大馬政府與中國較熱絡的政經關係，時間縱線貫穿了許多重要歷史事件，而織入這些真實歷史的是楊家、陳家和白猴這三個家族的興衰榮辱。作者所要彰顯再現的時空事故都極為浩瀚雄奇，它是從〈樹林〉、〈黯淡的大火〉和〈細雨紛紛〉一路寫來針對大馬社會政治進展所做的歷史反思的頂峰與扛鼎之作，說它是頂峰一點都不為過，因為它篇幅最長，處理的事故又極繁複恢宏，在把複雜敏感的反殖民鬥爭、馬共叛亂等沉澱處理過後，收輯在《尋人啟事》裡的二十四篇極短篇和短篇，其中已無一再涉及這些題材，可見小黑這近十年來已暫停了對這方面記憶的挖掘。

　　《白水黑山》是以第一人稱「我」（叫「陳白水」）的有限視角來書寫楊、陳和白猴這三大家族的「家史」，而他們個別且又錯綜複雜的歷史又跟上提馬來（西）亞的社會政經進展糾結在一起，整篇中篇看起來頗有類似韋暈的長篇如《淺灘》或《海無垠》那種大河小說的氣概。人物刻劃像陳立安（老三）和楊武（二舅）相對於楊文

（大舅）和白猴本是黑白截然分明的對比，抗日戰爭結束後，楊武
「決定繼續留在森林與高山」（《白水黑山》，151），其作為非常類似
〈細雨紛紛〉中的父親「刻意安排投奔森林」（見《白水黑山》，34），
看似一位充滿理想的英雄，他在經歷慘烈的卡布隆山伏擊事件後，
大家都以為他是為理想犧牲了，不過當他三十九年之後再出現時，
他卻是「一個雍容華貴、氣色紅潤、臉頰圓滑、眼睛銳利的老人」
（《白水黑山》，185），這時他早已自廣州某大學退休，是從中國到南
洋探訪親戚，而跟楊武分道揚鑣走出森林的陳立安卻依舊那樣黑白
分明，生活圈越縮越小，在歲月的摧枯拉朽之下，此時已「變成一
個枯瘦偏激的糟老頭」（《白水黑山》，178），這麼說來，到底是造化
戲弄人，還是歷史給他們開了玩笑？作者雖未明白點出，不過其書
寫卻是充斥著譏諷和弔詭。在意識型態的巨大轉折下，作者和我們
不禁都要問：甚麼叫做理想？相對於楊武、陳立安與其同夥企圖改
造歷史，楊文和白猴等人卻都是典型的機會主義者，隨波逐流，可
真是歷史洪流中的渣滓。既然英雄在不同的時空底下都會褪色，甚
至變成滑稽的狗熊，那麼像楊文為了政經利益而「犧牲」身分，「委
屈求全」當白猴的女婿（《白水黑山》，138-39），然後年逾五十為了
獲取土著地位再娶六十歲的暹籍寡婦；白猴則是依靠「模擬」
（mimicry），從一個典型的下屬僱員（subaltern）翻身成功，日據時
又當了通譯員。他們這些人的行徑固然可議，可是在當今這種國際
政治瞬息萬變的時代，誰所經歷的歷史最為可靠？誰又有權給不同
立場的人做詮釋？

　　《白水黑山》質疑的不僅僅是理想，而且是質疑歷史的真實。

前頭提到這個中篇看似不像〈十・廿七〉那樣應用了許多拼貼及諧擬，其實骨子裡，這篇一樣是解構的，因為它根本就質疑了歷史的宰執看法和吾人對歷史的傳統的機械性的解釋。這個中篇一開頭即以類似書寫武俠小說的手法來烘托楊武的英勇及神出鬼沒功夫，接著就是作為小說家的「我」對自己書寫《白水黑山》做起檢討（亦即「暴露」）來，暴露的重點跟〈十・廿七〉開頭所要探索的是一樣的問題：作家到底是在「反映」抑或「再現」歷史真實？然後就是表現／再現的建構的範疇了。表面上看起來，《白水黑山》似乎比不上〈十・廿七〉那樣花俏（明顯地應用了那麼多拼貼，戲擬和弔詭等技巧），可是《白水黑山》卻是小黑唯一在其中不斷質疑歷史「真面目」（68）的一篇。大陸學者郭建軍在討論《白水黑山》這時期的文本所展現的歷史觀時提到歷史的當下性和作家心靈史[10]（96-98），其實他從小黑文本中獲致的洞見已逼近了懷特所論述的：所有的歷史都是小敘述，都是史家因時因地因意識型態不同而「造構」出來的。

郭建軍說《白水黑山》中的「我」「直接扮演了歷史反思者的角色，實際上也是作家本人的化身」（〈世紀末回首〉，96）。在上一段小黑本人後設地跳出來質疑歷史事實時，其實他已提到時間推移對歷史真相的影響，亦已戲擬了作家本體太侵入小說人物的心靈世界所

---

[10]　但是郭氏把《白水黑山》（1993）與幾乎同時出版的《前夕》（1990）和《悠悠河水》（1992）隸屬於兩個階段、兩種書寫模式並不可靠，我上面的論述都把它們歸納入一個轉折前的後現代的模式，其間的手法、思考上的連續性已加以論述，茲不必贅言；倒是郭說小黑這時已進入一個「宏闊、豐厚、深邃」的境界（95），此確為的言，值得重視。

引起的逗笑境況。換言之，小黑這裡觸及的正是歷史的當代性（詮釋）以及作家心靈（史）的折射。《白水黑山》織入作者干預對歷史發表宏論的還有如下三處：

> 親扮演說書人角色導引出敘事者對歷史真相的質疑：「是她（母親），讓我緊緊地跟蹤二舅的行動，也因此比一般同年齡的孩子更早成熟，對歷史產生極濃厚的興趣，明白歷史原來就是人與事匯串起來的。至於歷史後來的真實性與可靠性，卻又因人的了解不同，而有了分歧，也是難免的事實。」（74）

> 陳立安在南園茶室當面質問白猴為何帶人馬去殺死自己人，兩人鬧翻之後，敘事者發問：「這又要怪誰呢？歷史本來就是朦朧的。白紙黑字記載的，尚且有可能被扭曲了，更不必說憑記憶與口傳的真實故事的真實性了。」（175）

> 大舅楊文為白猴辯解說白未為奸細密告二舅楊武的行蹤之後，敘事者反覆思索歷史真實：「誰也不相信誰。誰說的故事才是真實的歷史？每一個說故事的人都相信他自己才是真正的目擊證人。歷史就有得看了。」（177）

所有的歷史都是當代人根據一定的線索（甚至立足點）詮釋建構出來的，這麼說來，都是「各說各話」，都是小敘述。就小黑小說書寫的整個進展過程來看，《白水黑山》應是他最後現代、後殖民的傑作，文字已呈現了一股洗盡鉛華的味道。如果可以採用禪宗的公案來比喻其心智、技法的進展／境界，那麼底下吉州惟信禪師的這一段話應是極佳的寫照：

> 老僧三十年前未參禪時，見山是山，見水是水。及至後來，親

> 見知識，有個入處，見山不是山，見水不是水。而今得個休歇
> 處，依前見山祇是山，見水祇是水。（見普濟著《五燈會元》，
> 卷 17，1135）

這則公案，施友忠師曾用來比喻人生歷練由迷而悟的三個階段（見
〈二度和諧及其他〉，頁 65），我引用在此旨在說明，小黑從現代主
義技法入手書寫，此為其見山水是山水的階段，及至他進階侵入後
現代這個自我解構塗銷階段，他似乎是在經歷某種修練洗禮以進入
九〇年代以來的舒緩平和。如果從這個視角來檢索小黑小說的近日
風貌，則他在《尋人啟事》的代序〈二十四段往事〉中所說的如下這
一句話似乎頗有見地：「請你不要用十多年前現代派、寫實派的術語
來批評它們，免得讓人（笑）掉了大牙」（viii），對一位已創作出像
〈十‧廿七〉及《白水黑山》這樣前衛後設文本的小說家，我們當然
不能也不必再套用寫實或現代這樣的標籤來框拴他。不此之求，那
麼應以何種策略來詮釋它們？

　　我在前面已好幾次提到，收集在《尋人啟事》這本短篇極短篇
集中的〈誤〉、〈人鼠〉、〈回鄉〉、〈太平湖遊記〉和〈甜言蜜語〉等篇
章確實書寫得精采萬分。〈誤〉寫一個備受學生愛戴的中學教師尤興
仁在榮升為訓導主任兩三天內的情緒變化，虛實相間，又如幻似真，
尤其他採取以毒攻毒「整」學生那一幕，對他自己以及學生心理的
起伏描述確實寫得入木三分，表面似在刻劃一個人的尊嚴遭受到打
擊而變形，次文本可是在突顯他受到壓抑的魔鬼般的欲望的蠢動。
〈回鄉〉頗有韓少功〈歸去來〉和一點韋暈〈白區來的消息〉的味
道，小黑尤其採用了不少韓少功慣用的陌生化手法，把敘事者「我」

與在故鄉邂逅的大頭一分為二，有重疊亦有增衍，在科幻／虛幻中推演出故鄉八年來（他被囚禁監獄中的時間）的變化，或者說他記憶中空白的部分，以突顯他已略為神經質的狀況。所有這些除了由這敘事者的感受呈現出來之外，最明顯的是，作者又再次採用早期現代主義階段所慣用的短句法，一來用以突顯主角焦慮、迷惘的內心，二來用以攫住其意識瞬息且雜亂的流動。大頭不僅僅是「我」的襯托，亦是「我」的異我／他我。一句話，這篇小說頗能像韓少功那樣營造一個瑰異的世界和迷離淒婉的氛圍。〈太平湖遊記〉寫一個生意失敗者蓄意投湖自殺的故事，小黑在此採用的是一慣的簡扼敘述文字、對話和低調文字，企圖在輕鬆中不斷製造懸宕；不過在他們驅車往太平湖的路上，爸爸一句「萬一我發生意外，你們有什麼打算？」其實已把其預謀表露無遺並且把家庭成員的反應以前敘（flash-forward）的方法預演了一遍。

　　然後我要略為討論的是〈甜言蜜語〉這一篇，從標題到文字甚至人物的思想行為，都充斥著陳腐、陳腔濫調，寫的是兩則緊密鑲嵌在一起的殉情故事──檳城某著名中學校長的十八歲女兒為其老師蔡仁安撞車了結生命，而蔡的姐姐在二十幾年前卻是為這位辛校長愛得瘋狂跳樓自殺；這篇短篇如果還有看頭主要在剪裁、在內容中所折射出來的愛慾、憎恨、妒忌等這些次文本，絕對不是篇中揭示的巧合或輪迴觀念。〈人鼠〉文字有些厚重，黑暗、黑影等意象頗有暗示、象徵的涵義，旨在突顯一個正趨沒落的行業（開雜貨店）以及代表這個行業的主人翁天寶的前景；不過這短篇確實要刻劃的是壓抑與慾望的宣洩。天寶和春花的情愛被天寶媽媽壓抑住，一個

月只得宣洩一次，而且是在捕殺老鼠之後的那個夜晚。這樣一來，刺殺老鼠那一幕彷彿就變成夫妻倆床上翻雲覆雨的諧擬，既劇烈且又感人肺腑！

　　上述簡要的討論旨在指出，到了九〇年代以來，小黑的深刻、尖銳、辯證、深厚蘊藉仍不容置疑，因為這些特質正是構成其風格的根本。受過現代、後現代主義洗禮的讀者一定會喜愛他這階段的〈誤〉、〈人鼠〉和〈回鄉〉，甚至一些被我略去的篇章如〈失落了珍珠〉等，可不一定會欣賞同樣輯入《尋人啟事》這本小說集中書寫胡青的那一系列少年小說[11]。臻至洗盡鉛華、舒緩平和是一回事，從一個層次降落到另一個層次是另一回事。上述這一大段探討無非只是在指出，到了《尋人啟事》這個階段，小黑大體上（像〈尋人啟事〉這極短篇尚採用後設技巧純屬例外）已摒棄了他在後現代階段頂峰時所致力耍弄的那些花俏。令人大感困惑的是，他似乎有點太早就放棄衝刺、攀爬的勁道，舒緩是舒緩了，只是不免令人感到他是否在書寫上已遭遇到某種瓶頸？惟信禪師第三階段所臻至的那種回歸清明本然當然是人生／文學的最高境界，可是在創作上，小黑在實質上真的達到了嗎？抑或僅只是在外表上達到而已？

---

[11] 我這樣推論並沒有要勸阻（dissuade）小黑，叫他別去開拓少年小說，更何況多元論和眾聲喧嘩本就是後現代這個時代的特色，而且還有許許多多讀者迄今還搞不清楚後現代性、後現代主義是甚麼東西呢。

引用書目：

Derrida, Jacques.　"Differance." *Margins of Philosophy*.　Trans. Alan Bass.

　　　Chicago: U of Chicago P, 1982，頁 1-27。

Waugh, Patricia.　*Metafiction*. London: Routledge, 1985. 錢競和劉雁濱中

　　　譯。《後設小說》。台北：駱駝，1995。

小　　黑《黑》，八打靈：蕉風，1979。

小　　黑《玻璃集》，八打靈：人間，1984。

小　　黑《前夕》，吉隆坡：十方，1990。

小　　黑《悠悠河水》，怡保：藝青，1992。

小　　黑《白水黑山》，吉隆坡：馬來西亞華文作協，1993。

小　　黑《尋人啟事》，新山：彩虹，1999。

岳玉傑〈小黑、朵拉創作論——東南亞華文夫婦作家的一個取樣分析〉，

　　　《華僑大學學報》（哲學社會科學版）1995 年第 3 期。頁 71-76。

唐　　林〈沉痛的挽歌〉（附錄一），《前夕》，頁 175-89。

施友忠《二度和諧及其他》，台北：聯經，1976，頁 63-114。

陳雪風〈趕路是不分晝夜的〉（附錄一），《悠悠河水》，頁 157-60。

郭建軍〈世紀末回首——論作為南洋反思文學的小黑小說〉，《華僑大學

　　　學報》（社會科學版）1996 年第 2 期。頁 94-99。

普濟著，蘇淵雷校《五燈會元》，北京：中華，1984。

潘友來〈小黑談小說〉，《黑》：頁 131-37。

[1999]

商晚筠小說中的女性與情色書寫

　　這篇論文主要在探討商晚筠小說中兩個尚未受到深刻探索的題旨／書寫：女性與情色，這兩個課題跟作者自身的身分、性向與關懷隱隱然是有些本質上的關聯的，雖然作者在好幾次受訪時，都一再強調，作家在創作時，最好是能把自己的身分「隱去」，變成一個「中性人」。這麼說來，書寫之所出（即文本）顯然跟她的「剖白」是有些扞格的，這益使得我的研究有特別的意義。

　　商晚筠於一九七七年夏天自台大外文系畢業，那時台灣的女權運動在呂秀蓮和李元貞等前輩的推動下已沉寂了下來，而第二波（亦即是持續到目前的那股強大力量）根本尚未現端倪；這時她正在跟同班同學顏宏高（筆名凌高）在談戀愛，只是尚未論及婚嫁而已。這年十二月她的第一本短篇小說集《痴女阿蓮》在台北市由聯經出版，十二月八日她自台灣返回馬來西亞，翌年三月進入八打靈市建國日報任副刊助編。

　　在此，我們得正視一件文壇惡評對一位相當有才華的作家的傷害。話說商晚筠自一九七七年二月以〈木板屋的印度人〉這個短篇贏得了台北幼獅文藝社舉辦的台灣短篇小說大競寫優勝獎以來，之後又分別以〈君自故鄉來〉以及〈痴女阿蓮〉榮獲聯合報第二屆和第三屆小說獎，一九七七年杪第一本小說集又已出版，這些對一位年輕小說家來說都是非常大的肯定，不想翌年七月她發表在《蕉風月刊》第 305 期上面的一篇四萬餘字的中篇《夏麗赫》可卻幾乎擊倒了她。刊物主編理應是要找位文壇大老來為這篇力作推薦、不想她竟找了位柳非卿（當然是筆名）寫了一篇兩千多字的〈評夏麗赫〉，從人物、對白、思想、內容、寫作技巧到宗教習俗等諸多層面，把商晚筠這中篇抨擊得體無完膚。為此，商晚筠的未婚夫顏宏高還坦然坐不改姓寫了一篇四千餘字的〈「評夏麗赫」文中的幾點謬誤〉（《蕉風月刊》307 期）來為她緩頰辯護。坦白講，顏文確實寫得肯切理性，而柳非卿不僅不受教，還老氣橫秋寫了一篇〈反「反批評」〉，說「〔他〕的觀感依舊不變，〔他〕的立場還是一樣」（頁 4），兩千多字已能擊中「要害」，他已「慈悲得像個老婆子」（頁 6）。受到這麼一個莫名其妙的打擊，「商晚筠頹喪到極點，停了相當久的時間沒提筆；不巧，這時她的後天哮喘病發作，病了好長一段時間，只好辭職回老家」（楊錦郁，〈走出華玲小鎮〉：頁 145）。引文所描述商晚筠的感受來自台北楊錦郁的事後採訪，最令商晚筠難以承受的是，這個文壇耆宿在隱約之中暗指她的文本書寫帶有「沙文主義色彩」[1]，這種酷評

---

[1] 事實上，柳非卿在〈評「夏麗赫」〉裡並未採用「沙文主義」或「沙文色彩」

險些就奪去一位年輕作家的創作生命。

　　商晚筠的婚姻與就業道路亦佈滿波折。一九七九年元月二十日，她與顏宏高在檳城結了婚，四月離開飽受人事傾軋的建國日報副刊主任位職，五月轉入一個名叫「商海」的商業雜誌當記者，工作了將近一年。一九八〇年秒前往台灣，想報考研究所唸書不成，又因台灣的生活水平已比當年高出許多，應付不易，她只待了三個月，可說是「失望至極」地返回大馬（楊錦郁，〈走出華玲小鎮〉：頁144）。一九八一年六月加入《大眾報》，僅僅工作了三個月就因健康原因離職。更坎坷的是，她與宏高維持了四年多的婚姻於一九八三年結束。為了生計，她於當年八月進入馬華屬下文化協會所經辦的一分綜合性刊物《文道》工作，從採訪編輯開始，一直當到它的總編輯，然而於一九八六年元月辭去這個職位。浪蕩了一陣子，一九八七年她到新加坡來當廣播局電視台的編劇。

　　一九九一年，商晚筠的第二本小說集《七色花水》在李瑞騰的協助之下在台北由遠流出版。出版之後，我曾讀到一篇由李有成執筆撰寫的書評叫做〈女性關懷〉，這書評除了相當肯定商的女性意識與才華之外，還從集子中篇幅最長、分量最重的〈暴風眼〉這一篇看出，「商晚筠正擴大她的普遍關懷」（《時代文學》第十版），像這樣的溢美之詞，絕非無的放矢。

這些名詞，而是批她的人物對白「沒有一點民族特色」（頁109），她的第一人稱敘事者滲露了「種族優越感」（頁108）。倒是顏宏高在〈「評夏麗赫」文本中的幾點謬誤〉中搶先用了「沙文主義者」（頁6）來指稱柳。前頭兩個術語見諸楊錦郁，〈走出華玲小鎮〉：頁144，以及〈你會來道別嗎？——哀商晚筠〉：頁168。

　　回到本文的第二個主題「情色」。「情色」英文叫做 eroticism，「情色」並非「色情」，廣義上它雖包括了色情作品（pornography），可並不必然全等於色情。我在這篇論文要突顯商晚筠文本中不太多的情色／慾書寫，目的是要在討論其女性主義意識。商的第一本小說集《痴女阿蓮》所收輯的十一篇短篇之中，其中〈木板屋的印度人〉和〈巫屋〉這兩篇寫的是國族建構中印度人和馬來人這兩個「想像中的族群共同體」，其他都僅僅涉及華族。在這些短篇文本中，我們看到的只有男性施暴於女性，或是華族相當根深蒂固的重男輕女觀念（如〈林容伯來晚餐〉裡阿婆對阿爹的疼愛）；如果真要勉強辯證說，這就是商晚筠小說文本展現了女性意識的雛型，這當然勉強可行。可是我們還是毋寧說，她一九七六～一九七七年的小說文本是極其質樸地反映了馬來西亞多元種族社會中的精神面貌，尚未「真正」跨入有意識地進行女性主義書寫。

　　商晚筠的女性（主義）意識應是形塑於一九八〇年前後，之前一九七二～一九七七年她在台大唸書時，她應該已略有耳聞或閱讀到台灣七十年代初期那些婦運／權先驅的論述，真正認真思索女性主義的議題應是她結了婚之後、一九八〇年杪再赴台灣想考取研究所這個階段，甚至更為晚一些。一九八七年終左右，我經由永樂多斯的聯繫，希望直接從她那兒獲得一些她發表在新馬報章雜誌上的作品，以支援我於一九八八年八月在新加坡發表的那篇長論〈寫實兼寫意──馬新留台華文作家初論〉[2]，商晚筠於一九八八年四月十

[2] 我當時想到要直接跟商晚筠聯絡，主要是我一直認為她跟潘雨桐是留台後返

五日即回了信並且寄來〈季嫵〉和〈茉莉花香〉等一共七篇小說以及兩首詩和一篇散文之影本，無奈這些資料輾轉寄到我家時險些過了「時效」，所以我在上文中拿她跟潘雨桐做比較時，我只觸及《痴女阿蓮》、一九八三年比賽獲獎的〈簡政〉，以及在這本小說集之後（一九八六年之後）所發表的〈蝴蝶結〉和〈七色花水〉兩個短篇。那次的會議是由新加坡哥德學院與新加坡作協所合辦，我記得會議期間有一晚曾在史坦福酒店見到商晚筠，見她跟兩三位瘦削、披長髮的女性擁簇在一起，而她剪成赫本／半男生頭，的確像永樂所說的「一襲襯衫一條長褲，她〔已〕拒絕再扮演依纏孅繞的菟絲」（頁205）；這麼一副打扮跟十幾年前我在台北所見到那副純樸小女生的打扮已完全不同，我正考慮趨前去跟她多說兩句話，可她已宛如一陣清風忽地消逝。很明顯的，商晚筠這時候的裝扮已儼然是一位同女「男人婆」慣常的裝扮[3]，有無「出櫃／現身」（coming out of the closet）[4] 作公然坦陳其身分／主體已不屬重要，重要的是我們可否

馬中小說寫得最好的兩位，對於他們的文本不能較深入地探討根本是一件不可思議的事。另一方面，我在那之前有整十年較少關注與蒐集新馬華文學的書籍。當時協助過我（聯繫及蒐集）的文友還有王祖安和李錦宗等人，在此理當誌謝。

[3] 同女中「男人婆」有一個特定造型，「她們」總是喜歡理短髮、穿著筆挺的襯衫西裝褲，甚至以很帥的姿態叼根煙。請參張娟芬《姐妹戲牆》：頁43。

[4] 「出櫃／現身」是上個世紀九〇年代以來非常重要的兩個酷兒術語，其根源請參莎菊維克（E. K. Sedgwick）的《衣櫃認識論》（*Epistemology of the Closet*, 1994）和弗斯（D. Fuss）編的《櫃內／櫃外：同女理論、同男理論》（*Inside／out: Lesbian Theories, Gay Theories*, 1991）。至於這兩個術語之間的一些隱微差異，中文可參

在其文字書寫之中讀出一些或隱或顯的女性意識來。

　　經由對《痴女阿蓮》之後文本的閱讀，我當時即發覺商晚筠一九八六年之後所推出之文本已跟七八年前的文字在風格上已有改變；我當時曾這樣說過：

> 商晚筠最近的風格跟一九七六～七七年的不太一樣，她的文字從冗長趨向短促簡潔，佈局變得嚴謹，加上象徵性的應用、意識流的應用（例如〈簡政〉末尾李安娘在市集人潮中見到先生簡政來探班那一幕），她是在趨向成熟的坦道走去。（頁282）

跟這種文字風格和技巧的進展的「發現」同樣重要、甚或更重要的是，我竟在〈七色花水〉這個短篇中之細膩描寫經營「看出」商晚筠有西方英美第二波女性主義者本質派（essentialist）所強調的「專長」，強調書寫女性經驗這是「『非我莫屬』的經驗領域，而男性作家只有依靠想像、靠感覺來投射描述了」（頁280）。對於我也跟六〇、七〇年代西方女性主義本質派觀念上有這種契合，當今想起來當然有點悚然而驚愧，不過，我卻由這麼一篇書寫姊妹情懷（一對姊妹花擠在一個木澡盆洗七色花水）的文本預推，她會走向堅實的女性主義甚或同性戀之道路。這麼說來，一九八六年商晚筠發表於台北《聯合文學》上頭這篇〈七色花水〉可構成她創作歷程上的一個分水嶺[5]

考由馬嘉蘭（Fran Martin）撰述而由紀大偉譯成中文的〈衣櫃、面具、膜：當代台灣論述中同性戀主體的隱／現邏輯〉：頁136-139。

[5] 根據素來跟商晚筠多有聯絡的楊錦郁的訊息（頁169），商這篇〈七色花水〉在書寫過程中刪刪改改，一直到定稿（1986年發表）已費時三年。換言之，它

——她已準備從〈簡政〉（1983）和〈疲倦的馬〉（1986）等這些短篇中的異性戀要（或已正在）過渡到〈街角〉（收入《七色花水》）以及未及殺青的中篇《跳蚤》這樣兩篇有關同性戀的書寫。

　　一九八八年八月中旬我和李瑞騰夫婦在參加完在新舉辦的「第二屆華文文學大同世界國際會議」返回台北之後，李夫人楊錦郁即把她專訪商晚筠之所得，寫成〈趨向成熟的坦道走去〉一文，發表在當年十二月號的《幼獅文藝》上頭，這個標題即取自我在新加坡發表的那篇〈寫實兼寫意〉，楊與商提到我所指陳她文字風格技巧的成長應是話題之一，然後我們就看到楊文底下這一段商晚筠的自剖：

> 我從一九八六年開始到現在所寫的幾篇小說，都是從女性的觀點出發，在台灣這已經發展一大段了，可是在馬來西亞仍然沒有任何共鳴，所以我還會朝這個方向寫〔下〕去，因為如果我寫男性，受限於性別的障礙，我的刻劃可能不會那麼成功。當我們在寫小說時，都希望自己是一個小型的上帝，所塑造的人物都是赤裸裸〔的〕，男的會有怎樣的衝動，女的會如何反應，我都可以想像出來；但是如果據實寫出來，在馬來西亞的社會，會遭到很多非議和攻擊，對女作家來講就成了絆腳石。也就是說，你不能突破性別的障礙來寫作。我很希望能突破，不把自己當作女作家，如此我就可以坦然

應是跟〈簡政〉（1983 年獲獎）先後期的作品，也應該是一九八三年她跟「Boy-boy」顏離婚時即已醞釀或已在創作中的作品。這麼說來，在創作時間上，它跟收輯在《七色花水》中其它八篇在寫作時間上應是較早的一篇；書寫親密的姊妹情懷之較可靠必然會令人想到這主題跟她不幸離婚有刻骨的肌膚關聯。

　　　　的把自己所想寫的東西寫出來。(《資料集》：頁 146-147)

這一段剖白之重要在於它是作家本人最早提到她小說創作重心之轉
變——轉向書寫女性[6]，更重要的是它提醒我們，她對女性主義原質
派這種「唯我獨尊／莫辦」的禁地／禁臠執著，她其實並不很贊同；
她希望能突破，「不把自己當作女作家」而能達致做為「一個小型的
上帝」的境界[7]。至於她對台灣女性主義的發展，她的了解可說相當
片面：因為那些轟轟烈烈造成「移風易俗」的女性／女權主義再次
運動這時還處在「風雨中的寧靜」階段，學界的研討還處在「啟動」
階段[8]。

---

[6] 1993 年永樂多斯專訪商晚筠時，商也提到她的「女性使命感」，並對其「不刻
意強調女性主義」並且「不自覺地往這方面走」的根源有所辯解（自小的目濡
耳染、父親的大男人思想和女人的逆來順受等等），可並未對如何「受到西方女
權主義的影響」有所說明，殊為可惜。永樂這篇專訪題叫〈寫作，我力求完美〉，
於商晚筠逝世之後分兩次刊於《星洲日報·文藝春秋》(1995/06/27，1995/07/01)，
我之引文見《資料集》：頁 139、140。

[7] 類似的觀點也在翌年在新加坡聯合早報《文藝城》所召集的一個座談上得到
發揮。這個座談係為歡迎香港女作家林燕妮的蒞訪而召開，參與者除了林和商
晚筠之外，還有尤今、孫愛玲、蔡淑卿和圓醉之，一共是六人。她們當然談到
了創作經驗與社會，更談到兩性關係、女性主義以及同性戀等議題；商晚筠發
言的一個重點是「作家寫作時」最好將自己當作一個「中性人」，而她這個發言
頗能配合她當時頂個男式短髮並且穿著襯衫西裝外套這一「中性」裝扮。這一
個座談叫做〈女性作家與創作題材〉，刊在 1989/09/24《聯合早報·文藝城》，引
文及商之照片見《資料集》：頁 153、155。

[8] 我何以說台灣這第二波的女性／權主義運動還處於「啟動」階段，而能「蔚
為風潮」則是在八〇年代中期，見張小虹，〈性別的美學／政治〉：頁 109、110；

　　在楊錦郁這篇專訪中，商對馬來西亞父權社會體制對女性的壓迫感到憤怒且又無可奈何，社會大眾的無知與原質派的可能抨擊也令她感到痛苦，所以她在訪談中補了一句：「所以我只好從女性觀點來寫女性主義的小說，在我的作品中，男性倒成為次要的角色」（《資料集》：頁 147）。這種坦誠的交代對我們在同情地詮釋、分析她一九八六年之後發表的作品應有幫助，使我們能更深刻切入她作為一位作家的主體甚至情慾的轉變。

　　我在下面要從商晚筠的文本中挑出數段來分析其女性意識的變化。任何閱讀過商晚筠〈七色花水〉這個名篇的人對下面這一段情色文字書寫印象都應會很深刻：

> 姐身子養得極白，頸項一逕白到腳板。她常年踩縫衣機踏板，鎮日不曬太陽，了不起晨早去一趟菜市；她底白和股憂鬱蓄養了好些年，越發不肯黑了。她嬌弱底薄身子積不出半斤力，可打撈那勁卻猛有一把，水桶一起一落，連帶渾圓小巧的奶，彈勁地顫動。
>
> 往年浴七色花水，總沒覺出與姐兩人赤身裸體有何怪異。而今彆得緊。臉上驟地燙熱，怕她回身瞧見，忙覆臉膝頭上，一壁掬水拍打臉面。
>
> 井旁水聲一蓬一蓬退落。
>
> 姐坐進盆裡，水更溢出盆外。

也請參見奚修君整理的〈台灣女性主義文學與文化研究書目〉，附在張小虹的著作《慾望新帝國：性別・同志學》後頭，頁 202-244。

她解開袋子往澡盆傾盡七色花水。水仍流失,數瓣菊花和大紅鳳仙正漂出盆沿。我放手去撈,不意姐抓著我底手腕,那般認真使了勁,捏疼了我,我不解地瞅姐。姐輕嘆:「不!流掉就流掉算了。」

我這下半年開始拔高,手腳長得快。澡盆原就不小,這會得猛收膝蓋才容下兩個女體,也的確,腳趾就尖頂尖了。

水閘閘緩緩流掉一半。

姐盡屈抱膝蓋,瘦伶伶的肩窩像挖空的兩個肉坑,啣接兩條白冽冽的胳膊。雪白的乳房給膝頭抵成兩墩肉團。姐承了媽一雙明眸,總有兩汪水色在眼瞳裡的溜溜地盈轉。從來,沒見姐快樂過,即使小小的喜悅也不曾。

姐怔怔地瞅著落在木澡盆外數瓣黃菊和淡紅秋海棠。(《七色花水》,頁 195-197)

我在寫〈寫實兼寫意〉(1988)那個階段,由於跟商晚筠一樣太執著於女性原質派的主張,因此很強調這一段文字以及〈七色花水〉這整個文本之中滲露/暴露出來的那種細膩的心理反應,以為由這個十六七歲的敘事者所獲致的敏銳洞察(經驗),「似乎比較不容易由男性作家『道』出,而〈蝴蝶結〉中那個知覺中心的『我』的感覺也極為敏銳」(頁 281)。我當時做這種觀察時並未完全從女性主義的視角來探討商的文本內涵,對她一九八六年寫作重心的大轉變也一無所悉,更甭論對她本人有可能已轉換性慾嗜好有所了解。不過,不管怎麼說,現在再細細檢視上引這一段女性/情色書寫,我發覺敘事者的猛勁抖動「渾圓小巧的奶」,甚至無意間「認真使了勁」捏疼

了敘事者，所有這些可能都已洩露了她的慾望——一種潛藏內心深處無意識的情慾！

　　跟〈七色花水〉一樣，〈季嫵〉寫的也是一對相互依存的姐妹，不過這一對同父異母，姐姐季嫵長妹妹季若六歲，小時非常疼愛住在城裡店舖裡的妹妹，高中畢業後在泰馬邊境跑單幫，業餘玩相機，在泰國勿洞街頭邂逅了美聯社記者肯尼迪而跟肯結婚，由於先生的職業關係，四處為家。小說情節從季嫵意外逝世第十天開始寫起，敘事者（妹妹）季若已從鄉下園坵搬回城裡，並答應母親要把生活過得好。這短篇所描述的姐妹情懷固然叫讀者感到刻骨銘心，可其中所觸及的一個主題「饑餓」——物質的兼情慾的雙重饑餓——卻跟底下這段情色／情慾書寫糾結在一起，讀後令人無以忘懷：

> 鏡子明澈中自有一番清新世界，那是一個謎樣的小千。伊看到一隻盲目撲燈罩的飛蛾，不忍地盲目愚昧而揮手驅趕牠。轉向牆燈不經心的立姿，伊看到季嫵，從錯綜的時空，破千重繭而出，步子施然。那柔滑的肌膚泛著流動的蠟光，一片溜蠟，是不肯也不會留住任何事物，無止境地滑落，伊凹凸有致的肩膀，是更接近季嫵的形體了。伊幾乎無遺地展露伊內在的世界，那是一種刻意的浮雕，試圖表現伊內在的七情六慾。從伊蒼白的肌膚，那種未經世俗愛慾污染底最原始的女體，可以感覺到她軀體蘊藏著一股緩緩流動的憂悒，像一張糾結的網，禁錮著一朵待迸的情慾。（《七色花水》：頁226-227）

在這一段文字裡，如真似幻，敘事者「我」轉化為「伊」為「季嫵」，

這無非要說明妹妹季若跟姊姊季嫵在形體上的酷肖；這個形體肌膚蒼白，正好要呼應這一段文字之前四段中那個三十五歲的女子，「裸赤中帶著一股無助和懦弱的蒼白」（頁 226）的季嫵。然後該注意的是「最原始的女體」這一句；這當然是要指明季若這時是未婚的處女，可她軀體卻像一張緩緩流動著憂悒的網罟，「禁錮一朵待迸的情慾」。

　　如果說季若的情慾像一座正要爆迸的火山，那麼，上引這一段文字之後第三和第四段卻把季嫵的情慾塑造成「文明情慾後的不滿足，但絕不是非洲饑民裡憔悴不堪的年輕女子」（《七色花水》：頁229）。從情慾的正待開挖一直寫到開挖之後的饑渴不滿足，然後又由季嫵的兩個短鏡頭的操作安排，作者又把物質的匱乏也給扯上了。由此來看，商晚筠在〈季嫵〉的前段即已把「饑渴」此一主題經營得饒富韻味。在此我要特別指出來的是，商晚筠經由〈季嫵〉這一短篇之營構，她在不知不覺之間已闖入西方八〇、九〇年代以來女性主義同女同男以及酷兒理論之間在爭論不休的情慾（sexuality）以及身分／認同（identity）的情境；情慾是流動不居的，而身分卻跟個體有沒有斗膽現身有關，我們實在沒有甚麼道理非要書寫者都坦白一番不可。

　　商晚筠在上面我們討論過的兩個短篇中都把姐妹相互依存的情懷寫得極為溫馨，甚至可以說是瀝血銘心地溫馨，但是她甚麼時候要向這個「最原始的女體」做正式的告別？我想任何拜讀過商的〈蝴蝶結〉的人，他們都不會忘了敘事者自從從回來奔生母的喪，卻變成一縷魂魄奔回來向養母溫熱的胸脯道別的那一幕：從從在「冷而

僻」的黑暗中摸上了樓房，然後：

> 我跪在床側，輕輕愛撫媽媽的額、眼、鼻、唇。我無法揩去
> 她眼角不知何時湧出的淚。
>
> 我發誓一輩子不傷害媽媽。我移開她底手，把報紙收藏在我
> 旅袋包。
>
> 我解開媽媽胸前的鈕扣。第一次，也是最後一次仔細看了媽
> 媽完美無疵的純潔乳房。
>
> 我珍惜地，輪流吮吸我孩童時候不曾吮吸的奶頭。那乳香清
> 雅馥甜。（原《中時‧人間》：第 8 版，見《七色花水》：頁
> 223-224）

這一幕仍然是情色書寫，情懷溫馨而蘊藉，可卻充斥著儀式以及象
徵意義。「媽媽完美無疵的純潔乳房」在這短篇裡當然是要指明養母
的處女主體身分，這身分跟〈季嫵〉中的「最原始的女體」身分顯然
是一脈相承。媽媽出污泥而不染，以聖潔對抗混濁，從從的魂魄來
向這麼一個女體道別顯然是生命意義的完成。然而往深一層揣測，
這一道別儀式是否也意味蘊含著作者商晚筠在潛意識中要向父權社
會體制所強調的童貞情結道別？

　　跟父權社會錙銖必計的性／別差異說再見，這其間的象徵意義
必然人言人殊；不過，商晚筠要突破性別的障礙以及要做「中性人」
的發言，必然在這時已是她創作活動的驅逐力量，因此，在此期間，
我們終於看到她寫成的第一篇同性戀小說〈街角〉[9]。〈街角〉是一

9　其實，過分敏感或激進的評論家可能早已在〈暴風雨〉這篇長短篇裡兩位女

篇寫得極維妙維肖的三角同女戀小說，主要地點為「雅癖閣」，坐落在吉隆坡城中區一個隱蔽的街角，主要情節是過慣了波希米亞生活的敘事者我（席離）遊歐歸來後，她為了打發孤寂苦悶而切入到一對叫紀如莊和任沁齡的同女生活圈中而激發了無數連漪來。任沁齡相當注意敘事者，然而我在不知之覺之中就被任的細心和體貼所吸引住而催發出愛苗來。非常明顯地，在這篇小說中，敘事者席離和任沁齡扮演的是 T 與婆的角色。令我這個詮釋者感到好奇的，除了上提作者對同女的情感變化的維妙維肖的刻劃之外，更加好奇的不如說是想從其中讀出作者的主體性來。總之一句話，商晚筠在書寫這個三個同女戀文本時，她的心智（由其道德性用語看來）仍舊受到強大的父權社會體制的鞏固宰制。怎麼說呢？

　　〈街角〉是一篇充滿慾望甚至情慾的小說，但是在描述中，作者卻有意地含蓄或隱晦。先說敘事者「我」，她雖然在任的關懷和體貼下萌生了愛戀之情，可卻不敢對後者有直接的大動作撩撥親暱表態，相反地，她卻把「這股渴慕之情盡量壓抑心底」（《七色花水》：頁 76）。她經常比任早到雅癖閣來，

　　　然後固定在樓房後半爿窗側牆落。窗簾撩開，可以遠眺無窮

主角度幸舫和簡童童這對相互依賴甚深甚至到了「掏心掏肺」（頁 20）的姊妹淘身上嗅到同女的一些「蛛絲馬跡」。例如簡童童當司機載度到北部邊鎮客地度年假，在路上由於抱怨及一句「你有才無貌」（頁 46）強烈地刺傷後者時，度在「一隻巴掌揮過去了，竟神奇地停在童童俏麗恣意的臉頰，輕佻地反手背摩娑她」（頁46；加重為筆者所加）。這麼一個親暱動作，在一般人看來可能只是一種姊妹淘親情的表現，可是在同女圈中看來，這之中已強烈地蘊含情慾的涵義。

> 黑夜裡盞盞燈火。我任由它大幅大幅垂落。清風徐來，伊們
> 便無拘無束地悠閒曳擺，輕輕觸撫我，摩娑我底膚髮。我竟
> 錯愕的渴想著那是任沁齡曳地軟綢的飄柔，撫拂我無以言
> 喻的迷惘。我終於瞭悟我是為了內心一股不斷滋長的錯謬
> 感情而尋求撫慰。（《七色花水》：頁 76-77）

作者竟用移情投射的方式，把敘事者渴望獲致的體膚之摩娑藉由窗
簾「伊們」來完成。這當然是情慾的具體表現，可作者卻說「我」跟
任沁齡的感情是「錯謬的」！至於任沁齡和紀如莊的情慾互動則是
赤裸裸地「現身」。〈街角〉文本第三節寫到「我」首次跟紀如莊碰面
時，紀被描述為反應冷漠，「臉無七情」，而任沁齡除了不以為忤，
還「伸手撩撩紀如莊腦勺短髮。紀仍無表情，任一點也不生氣，反
還不時微笑地投注紀如莊，那種傾慕神態，蘊含一種特別的感情」
（《七色花水》：頁 73）。文本第四節有一段寫到任沁齡浴後，其一身
清香，不管是鬈曲的濕短髮甚至「潔白完美的腳踝」等都蠱惑住了
敘事者和紀如莊。紀雖對任的話不感興趣，在行動上可卻「索性靠
攏任，用手指一遍一遍為她梳頭，狀極親密，也許沒留意濕髮糾結
一綹一綹，把任鬈曲的髮給扯緊了。任低低地噢了一聲，然後將紀
的手輕輕扳開」（《七色花水》：頁 78）。在這一個情節裡，任從浴室
踏出來，然後又跟其男人婆紀如莊有如此這一幕親暱行為，那當然
是一種出櫃／現身儀式，有坦然昭告天下的象徵意義，這個場面當
然叫另一位男人婆席離感到尷尬。不過當現身儀式完成後，作者還
從敘事者的角度給補了一句：「我無法無視無聞，當一切透明空無」
（引同上，頁 78）。單就此一情節而言，我們何嘗不可以說，作者商

晚筠顯然是在利用此一情節演義出酷兒理論（queer theory）中同女出櫃／現身的儀式過程，雖然參與這個儀式的這時只有情節中的三位同女以及她們在雅癖閣的朋友。

　　最後，我們還是得回到作為作家的商晚筠的主體來。單就〈街角〉這一個文本來看，這個文本敷演的當然是同女在新馬的境況[10]，由於新馬在女性主義（包括同男、同女及酷兒理論等）比起亞洲其他地區如港台來，可說還是較遲緩落後的地區（參見一九八八年楊專訪時，商直說「在台灣這已經發展了大段了」的話），而又由於她要向社會做交代，所以她在〈街角〉中所塑造的三位同女戀愛，她們的主體意識與作者的一樣，那絕對不是波瀾壯闊的，而是深陷桎梏之中。〈街角〉第五「我」正在籌措返鄉數月時，有一天任沁齡直接了當問起她對任與紀間感情的事，敘事者不聞不問當然並不表示她不知情，然而任卻補了如下這一句：「我和紀如莊那種感情，從群體的道德準則和價值觀來看，是人世間一樁不對稱事件」（《七色花水》：頁85），敘事者雖然有所辯解，說對稱或不對稱顯然是主觀的意識的投射，並非絕對。在〈街角〉最後一節，敘事者從北馬風塵僕僕地趕到都城去找任沁齡想賡續前緣，才發現紀如莊已遠離這個重視對稱的同女而去，離去之前還給任留下一筆錢；而在這個最最節骨眼時刻，飽受愛情挫折與傷害的任沁齡竟然「變得不敢再付出愛，

[10] 依據檳城理工大學社科院阿里芬的研究發現，許多民間團體鮮少敢於堅持其理念，對於婦女施暴等議題也不敢提出強硬立場，在此情境底下，馬克斯主義或是激進派女性主義根本不可能在馬來西亞出現，請參其論文：頁 420-421 以及 422。

害怕再落空」，因而「要求席離離去」（林雲龍：頁91）。根據林雲龍的說法，她們「這三人都是極度愛惜自己，不願意付出感情的人」（同前引，頁91）。我的看法是，作者商晚筠在敷寫〈街角〉這個文本時，她的心防或潛意識仍未突破新馬這一帶父權社會這一強大符籙的宰制。

話說商晚筠逝世前一、兩年要寫成三、兩個中長篇小說，其中有兩個是關於同性戀的（楊錦郁，〈你會來道別嗎？〉，頁109），不過，我們從她逝世之後所刊出的〈南隆‧老樹‧一輩子的事〉和《人間‧煙火》以及《跳蚤》這兩個未完成的長篇手稿之中，只看到《跳蚤》這個已完成了兩萬六千多字的中篇確實是處理了同女的情愛（其他還處理了愛滋病與死亡），其他〈南隆〉這個兩萬餘字的長短篇涉及的是愛與恨、進步與衰退等題旨，其中只有小片斷涉及情色，而《人間‧煙火》處理的則是一個叛逆的女兒對一個執意「失蹤」而去的父親的愛恨交織。

依據商晚年堅決而又艱苦地改改寫寫而仍未殺青的這兩個中長篇及已完成的〈南隆〉這一篇來檢討，她的文字又有所突破，不管是對白或是描述，都顯得越來越簡潔。在人物刻劃方面，男性角色都僅居邊緣地位。例如《人間‧煙火》，在她所草成的四十四小節裡，敘事者許典爾的風流父親許百洲在第十四小節之後即已「失蹤」，這一來，這個中篇幾已變成敘事者與其繼母這兩個女人的搏鬥。許百洲失蹤前已六十五歲，他迎娶了敘事者的高中同學陳謹治為繼室，其實他們過的是無性生活；我們讀者只「聽到」許百洲如何風流倜儻，可就未見到任何有關的情色書寫，當然更甭談刻骨銘心的愛情

場面。在所完成的將近三萬字之中，我們根本看不到任何有關同性戀的伏筆，由於小說家商晚筠已於一九九五年六月二十一日去世，她悶葫蘆中到底要賣的是甚麼藥可已永遠消逝了。

　　正如幾位評論者所指出的，商晚筠的小說文本就不太經營男歡女愛的場面，通常是：「性不是一種享受，愛也悽楚」[11]（李瑞騰，序《七色花水》：頁 10）。由於我這篇論文著重在情色和愛慾這些較另類的文本上頭，因此對於比較屬於愛情這部分就都盡量略而不論，不過在進入探討另外一個未完成的中篇《跳蚤》之前，我們還是先引用〈南隆〉這約兩萬字的短篇中唯一的一段情慾書寫於下：

> 　　她 23 生日那天，柏年信沒來電話也沒來。她心情低劣，把柏年進大學之前送她的訂情戒指泡在啤酒桶裡。那個雨夜，出奇的燙熱。……
>
> 　　她只低喚他名字，卻除了鼻息，什麼也沒說。他想是不是應該送她回家，卻怎麼也開不了口。驀地她一個轉身面對他，阻擋了窗外景色。他的視線落在她略微撒開的衣領下，一片泛著晶亮汗水的桃紅肌膚，他已經沒有後退轉身的餘地。半打啤酒給她壯了膽豁出去。人在懸崖，他不想勒馬，任她兩手勾緊脖子，往自己身上掛，他笨拙地移動她的身體，不敢正眼銜接她媚麗的眼光。他把臉埋在她桃紅色的胸口，緊緊貼著她小巧有勁的乳房。兩個人置身於局促低矮店舖閣

---

[11] 類似的看法，至少請參林雲龍的〈商晚筠短篇小說中的愛情〉，收入《資料集》，頁 88-89。林雲龍這篇論文是諸多談論商晚筠小說中「愛情」主題較好的一篇。

樓，他不想再抽身後退。

大半夜的，父親以為他醉酒跌床，上來叩了幾次門板。

「阿義，喝醉啦，別喝那麼兇了，早點睡，明早起不來了。」

兩人徹夜沒睡。水秀像一件貼身的軟綢，貼著他汗濕的身體。他興奮地將她反覆翻騰，在歡愉的吮吸中墜入她肢開的女體，同時承受她痛苦的嚙咬。(《南隆‧老樹‧一輩子的事》：頁 191-192）

在這個性愛場景裡，水秀之所以會跟青梅竹馬的玩伴楊正義纏綿在一起，理由非常簡單，她遠在新加坡就讀大學的未婚夫在她生日那天未來電致候，致使她「心情低劣」，甚至可能懷疑他對她感情已有變化，再加上酒精的激發，她就在這樣不由自主的情景下把自己「豁出去」。其實，在商晚筠好幾篇寫到男女的情愛部分，這一篇中的性愛書寫似乎還是較為「單純」一些的。不過，一旦等到水秀的未婚夫沈柏年回到鎮上並駕機車來向楊討回公道時，楊的懦弱與善良就完全暴露無遺，在水秀哭得死去活來的求情下，他竟然會把自己跟水秀的愛情結晶都可以「犧牲」掉；他所認為所要繼承的雜貨店以及店前的老樹不會倒，那都已是痴人說夢了。相對於水秀的冷靜與機會主義性格，他顯然是太優柔寡斷了；他最後為了拯救父親，在貨車上活活被衝過來的挖泥機的挖手打死，這才似乎是其「救贖」呢。有一位批評家說得好，「商晚筠短篇小說中的愛情，大多數都不是良好的關係，不是一種彼此成長的關係，而是一種讀來令人覺得悽愴、心靈痛楚、悲觀迷惘的愛情」（林雲龍，《資料集》：頁 89），水秀與楊正義的情愛確實就是這樣一種關係，互耗而不曾成長。

　　論文前頭已提到，商晚筠一直都希望能突破性別的障礙，在書寫時能臻至一個小上帝的制高點，證諸他八十年代中期性向轉移之後，她並沒有完全撒手不碰異性戀（〈南隆〉即是最佳例證）或其他議題。她似乎有點游走於女性主義中原質性與非原質性之間。她最後未完成的另一份手稿《跳蚤》處理的是名模公孫展雙染上愛滋病的故事，其中情色與死亡的意象／題旨反覆出現，令人讀來有窒息之感，根據商晚筠之摯友湯石燕寫給楊錦郁的信中說，商晚筠在逝世之前，為了處理好這篇中篇的各細節兼場面，她嘗一再修改，謄謄寫寫，越抄越亂，一共抄謄了六稿（信引見李瑞騰，〈商晚筠未結集作品略述〉：頁52）。她在在寫作這篇死亡之書時，自己也在走向死亡，其內心的掙扎應當殊為強烈。

　　《跳蚤》這一篇採用倒敘法和意識流技巧，時空不斷跳躍，背景從檳城寫到瑞士巴塞爾和德國海德堡等地，背景寬廣，全篇佈滿情色／慾的意象和暗示。既然說的是要寫一篇有關同女的故事，照說（或至少）應該有比〈街角〉這短篇更激越或是亢奮的同女情愛場面吧，或者說主角之一的公孫展雙這名模之感染上愛滋病應與她的性伴侶名記者榮世寧有關吧，讀者如果往這個角度思考，那就失之交臂了。她之患上愛滋病是來自於跳蚤，千真萬確，因為在海德堡賣跳蚤給展雙的那個吉卜賽流浪漢已被證實是「死於愛滋病」（《跳蚤》手稿：頁51），而她在下海當東方美女跟尋芳客性交易時，曾被流浪漢的跳蚤叮咬了八、九次。另一方面，《跳蚤》雖只完成了四十五個章節中的二十五個，而從作者留下的故事大綱「天書」中，我們也未發覺她有意經營比已寫成的前半部更加勁爆的情愛書寫

場面。

　　無論如何，《跳蚤》是一篇有關同女的情慾掙扎的故事是不容置疑的。它採用倒敘法和意識流，打從公孫展雙的死亡展開，然後是「未亡人」榮世寧的孤寂與近乎崩潰的情緒，她在獲悉這個晴天霹靂那時起就決定放棄工作來陪伴展雙。經由敘事的不斷跳躍，她倆的關係也由誤會、相識到進入了解，以至聯袂出遊，甚至惺惺相惜的階段，其間當然有她倆劇烈的爭執甚至情慾的暗示，可就沒有她們的性愛書寫。我們看來看去，最勁爆的情色文本應該是第十一節展雙「下海」充當東方美女這一幕：

> 展雙平躺床上，頸項到小腿肚包扎密實，除了兩條裸露在外
> 的胳膊，在忍受凍僵的秋寒。……
> 端送到客人眼前這一道中國點心，是一顆肉香四溢的人肉
> 粽子，等待一只跳蚤。
> 客人先是一怔：「天啊，木乃伊！」
> 大吉利是什麼木乃伊！你摸摸看，貴族的臉貴族的肌膚她
> 眼睛還眨啊眨的，這道名菜還是正宗的帝王后裔呢。我當然
> 心痛五十馬克把她給糟蹋了，祖先積德無奈子孫不肖，說來
> 一言難盡，麻煩你先付押金五十馬克 please。
> 客人一臉色豬簡直是上魚市場採購心態，左挑右揀，無非貪
> 圖新鮮活猛。他好不容易點了一只肥大有勁上了白漆的跳
> 蚤。我把蟲子塞入繃帶裡，展雙鎖眉沉吟，嗯哼一聲。
> 限時三十分鐘，這只白色跳蚤你抓了還我，活的算數，我立
> 刻把押金外加五十馬克奉上，我包你穩賺，餵你還愣什麼愣

> 上啊，這神奇小蟲吸飽了血它就拍拍屁股溜了！
>
> 客人經我一疊聲吆喝催促，尋花問柳的心情早就兵荒馬亂。
>
> 他亂無頭緒的摸索縐帶口，更沒時間解褲腰帶。（南方學院
>
> 館藏《跳蚤》手稿：頁 20-21）

這一幕全由敘事者榮世寧想出的點子而把展雙推上祭（妓）壇，就這樣讓她們賺夠盤纏，那年秋天才不致於餓死異鄉。如果故事的進展係到此一美女／跳蚤為止，則出餿主意的榮世寧應是展雙之死的巨惡罪魁。問題是，商晚筠的「天書」大綱第三十九節中提到，展雙真正染上愛滋病的秘密寫在她朋友從海德堡寄來的一封信中，這封信才是《跳蚤》這個文本的最大轉折，可這帶動情節轉折的秘密卻已隨著作者的去世而永遠無法「真相大白」了。

　　總之，從商晚筠留下來不太多的小說文本裡，我們可以發覺，她是非常嚴謹的一位小說家；她的文字與技巧都能與時俱進，女性意識與對女性的關懷也愈來愈顯著。令我們感到遺憾的是，新馬社會的父權體制彷彿一直對這個才女加壓，使她一直過得很窘迫[12]。

---

[12] 本論文於二〇〇三年二月二十二日早上，在新加坡舉辦的「當代文學與人文生態」國際學術研討會上宣讀時，承我以前師大的學生張錦忠博士提醒我其中一個時間點可能有錯誤，致使我回台北之後重讀檢索相關資料，加以改正過來，特此致謝。同時，我也特別參考了李錦宗發表在《星洲日報·文藝春秋》上那篇〈商晚筠年表〉，希望把商的一些行蹤以繫住年分，俾能提供較可靠的資訊。至於我對西方同女自六〇、七〇年代的本質派一直進展到九〇年代的酷兒理論的了解，主要參考了 Linda Garber 的 *Identity Poetics* （New York, 2001）一書。

引文書目：

Ariffin, Rohana. "Feminism in Malaysia: A Historical and Present Perspectives of Women's Struggles in Malaysia." *Women's Studies International Forum* 22.4 （1999）: 417-423.

Garber, Linda. *Identity Poetics: Race, Class, and the Lesbian-Feminist Roots of Queer Theory.* New York: Columbia UP, 2001.

任芸芸記錄〈女性作家與創作題材〉《聯合早報‧文藝城》，1989/09/24；收入南方學院馬華文學館編《商晚筠研究資料集》，士古來：南方學院馬華文學館，2000，頁 152-155。

李有成〈女性關懷──評商晚筠的《七色花水》〉《中時晚報‧時代文學》，1991/10/27：第十版。

李瑞騰〈《七色花水》序〉《七色花水》，台北：遠流，1991，頁 5-11。

李瑞騰〈商晚筠未結集作品略述〉，1997/11/28-12/01 在「馬華文學國際學術研討會」發表；收入《資料集》，頁 49-60。

永樂多斯〈對成人沉默與孩子笑〉《新潮》366 期（1992/05/01）；收入《資料集》，頁 205-206。

永樂多斯〈寫作，我力求完美（專訪）〉《星洲日報‧文藝春秋》，1995/06/27，07/01；收入《資料集》，頁 138-140。

奚修君整理〈台灣女性主義文學與文化研究書目〉，附在張小虹著《慾望新地圖》，台北：聯合文學，1996，頁 202-244。

林雲龍〈商晚筠短篇小說中的愛情〉，1994/09/11 在「馬來西亞華裔婦女學術研討會」上發表；收入《資料集》，頁 87-93。

柳非卿〈評「夏麗赫」〉《蕉風月刊》305 期（1978/07），頁 108-111。

柳非卿〈反「反批評」〉《蕉風月刊》308 期（1978/10），頁 4-6。

馬嘉蘭撰、紀大偉譯〈衣櫃、面具、膜：當代台灣論述中同性戀主體的隱／
　　現邏輯〉《中外文學》26 卷 12 期（1998/04），頁 130-149。

張小虹〈性別的美學／政治〉《慾望新地圖》，台北：聯合文學，頁 108-132。

張娟芬《姐妹戲牆》，台北：聯合文學，1998。

陳鵬翔〈寫實兼寫意——馬新留台華文作家初論〉，收入王潤華和白豪士編
　　《東南亞華文文學》，新加坡：新加坡歌德學院與新加坡作協，1988，
　　頁 277-311。

商晚筠《七色花水》，台北：遠流，1991。

商晚筠〈南隆‧老樹‧一輩子的事〉，收入王錦發和陳和錦編《南隆‧老樹‧
　　一輩子的事》，八打靈市：南洋商報，1996，頁 174-199。

商晚筠《跳蚤》（遺稿）。藏南方學院馬華文學館，一共 54 頁，另附 8 頁〈故
　　事／分場天書〉。

黃梅雨（李錦宗）。〈商晚筠年表〉《星洲日報‧文藝春秋》，1995/06/27；收
　　入《資料集》，頁 227。

楊錦郁〈走出華玲小鎮——訪大馬作家商晚筠〉《幼獅文藝》420 期（1988/12）
　　（原題〈趨向成熟的坦道去〉）；收入《資料集》，頁 142-149。

楊錦郁〈你會來道別嗎？——哀商晚筠〉《南洋商報‧商餘》，1995/07/18；
　　收入《資料集》，頁 168-169。

顏宏高〈「評夏麗赫」文中的幾點謬誤〉《蕉風月刊》307 期（1978/09），頁
　　4-9。

[2003]

論吳岸的詩歌理論

　　吳岸在九〇年代中期寫了一篇叫做〈馬華詩壇的回顧與展望〉的文章，文末並未註明這論文到底是在什麼場合發表的；不過從文中語氣，我們可以判定它應是一篇講稿。這篇講稿對於馬華詩壇的發展做了一些經驗性現象性的描述，可是相當缺乏舉證及仔細論證。不過，從我拜讀過吳岸的三本論文集之後，我發覺這一篇卻是他對自己的文學傳承做了較多交代的一篇[1]。在這篇論文中，他不僅提到

---

[1]　當然，像〈詩的起步與躍進〉這樣一篇演講文（尤其頁 33-34），他提到自己最早投稿校刊，然後是在一邊欣賞土耳其詩人希克梅特的社會詩時一邊寫下生平第一首詩，題為〈石龍門〉（刊於《南洋商報・世紀路》，當時該副刊主編是姚紫）；像在〈詩人與社會〉（1989）前段提到他早年創作時的社會政治背景以及自己積極投身反殖民運動以及因此被關入監獄十整年的生平資料；像〈永遠的紀念〉（1982）記載了六〇年代他受到《南洋商報・文風》和《南洋商報・青年文藝》版主編杏影的賞識過程以及杏影的「接班人」名單，這些都是研究吳岸創作生涯中非常珍貴的資料。

馬華詩壇在經過七○年代的論戰後截長補短所開展出來的「兼容並蓄」的詩風，更重要的是，他第一次提到早年深受現實主義和浪漫主義的影響，而且也很喜歡超現實主義者伊呂雅和阿拉貢（請注意這第二和第三項是吳以前從未提及，可卻是我們可在他的詩中找到蛛絲馬跡的「營養來源」）。另一方面，他也第一次提到後現代主義，提到青年詩人及大專生受到後現代主義的影響，而且預言：「後現代主義對馬華詩壇的影響將會越來越大，甚至取代現代主義」（頁22）。

　　由於這一篇〈回顧與展望〉是我所拜讀過的吳岸的論文中最具前瞻性的文章，所以我就想從中抽取兩段文字，以作為我縱論其文學理論和詩歌藝術的起點。兩段文字如下：

> 到了八○年代的十年之中，我覺得馬華詩壇上是很熱鬧的，寫實的和現代的都表現得各有千秋，兩派在互相排斥的過程中，也各自作了自我調整：寫實派認識到對變化了的社會現實的陌生，表現手法與新的生活內容的矛盾。現代派在引進了新的審美觀念和新的技巧之後，也逐漸感到過分執著於自我的虛無性和貧乏性。（頁18）
> 我個人則選擇以傳統的現實主義創作方法為基礎（我的生活和經歷賜我以大量的生活題材），嘗試吸收現代的技巧，進行創作，並以此實踐的效果，來表達我對寫實與現代之爭的觀點和看法。這就是我在八○年代初寫就出版《達邦樹禮贊》的創作思想背景。（頁20）

坦白說，吳岸是一位極有才情的詩人，他一出手就不凡，處女詩集《盾上的詩篇》（1962）一出版就受到當時的著名編輯杏影（楊守默）

的讚譽，推薦《盾上的詩篇》為當時「南洋詩壇上的一個收獲」（《盾上的詩篇》，頁 15），詩人為「拉讓江畔的詩人」（代序篇名，頁 15 也提到）——這種推崇就像說惠特曼是浪吟於美國原野的詩人的意義一樣。然後就是他在重出詩壇的獻禮《達邦樹禮讚》（1982），一本企圖在現實與現代兩派衝突、排擠、相互滲透中「尋求出路」（《馬華文學的再出發》，頁 7）的集子，然後一直到近年出版的《生命存檔》（1998），他一共已出版了六本詩集，三本評論集，說他的作品是生活中滲出、擠出的精華瓊漿都不足以形容其內容的多樣性和形式的進展於萬一。然後，我才發覺〈回顧與展望〉這一講文所提供的訊息和理念是進入其詩歌和理論的最佳切入點。

　　吳岸一再強調他是站穩在現實主義這一邊的，不過，在理論上和詩歌創作實踐上，我一直覺得他往往都在其中「夾帶」了一些異質性的東西。甚至連他一再為它辯護的現實主義都是綜合性的（包括了浪漫主義，也包括了社會寫實主義等東西在內）。因此他在上提這篇〈回顧與展望〉中所提供的訊息與觀念益形顯得重要，一來可澄清一般人對他表面的理解的錯誤，二來也可給專家學者提供一些較正確的探索方向[2]。正如他在其他論文篇章所做的一樣，他對兩派

---

[2] 其實在我拜讀過的一些討論吳岸詩作的篇章中，陳月桂的〈經驗的波浪——論吳岸詩中由中國與西方傳統所構成的獨特思想〉是較有洞見的一篇；她不僅論述了吳岸《達邦樹禮讚》這本詩集的隱喻與抒情手法，也提到第三輯中的一些浪漫主義特徵以及此輯的中心意象（其實就是象徵），她的結論是，由於種種特色，吳岸的詩已具備了現代主義文學的特徵，因此可列入世界文學之林（頁76）。陳月桂這篇論文原用英文撰寫，在新加坡歌德學院與新加坡作協合辦的「第

的缺失都有指陳和批評，也有所期待；在實踐上，他不但汲取了現代主義的許多技巧（隱喻、象徵、超現實、意識流等等不一而足），他也從中國古典詩歌與繪畫吸取精髓，譬如意象並置演出的蒙太奇（可參見林臻的〈詩與蒙太奇〉）和類似潑墨的空靈手法。總之，他是一位不斷強調南洋地方特色同時不忘與時俱進不斷吸取新觀念新技巧的折衷派。上引第二段已說明，他是以現實主義創作方法當作「基礎」，現實主義就像一個容器，可讓他用來盛納許多東西的。總之一句話。他是「兼容並蓄」，並不想抱殘守闕，停滯不進[3]。

　　由於特殊的歷練與社會時代背景，吳岸一開始創作即抱持文學為社會、為人生服務的大原則，「走現實主義和人道主義的文學道路。在文學創作的實踐中，……追求的是藝術的真善美的境界」（〈佛教與文學〉，頁 43）。一九八二年方修在為吳岸的《達邦樹禮讚》寫序時，曾提到吳岸無意把他的詩論寫成文章，但要以創作實踐來宣述他的主張（頁 ii）；陳月桂一九八八年在新加坡宣讀她的英文論文〈經驗的波浪〉時，還說：「吳岸卻幾乎未曾著文論述其詩觀」（頁 58），其實這些說法都未必正確。

二屆華文文學大同世界國際會議」上宣讀，論文收入會議論文集《東南亞華文文學》：173-185。

[3] 同樣有所覺悟反省能力的例證也見於寫過《馬華新詩史初稿：1920-1965》（1987）的原甸；原甸於八〇年代中曾提及文壇上如有人想「用一種文學觀點一統天下」，那將徒勞無功（〈八十年代新華詩壇〉，頁 236）。又，一九八四年年杪重返新加坡之前，他曾在大陸推出《詩與評論》，他自認是「最早出現的幾本宣揚不計風格流派的詩刊」（〈作者年表〉，頁 619）。（非常弔詭地，原甸跟吳岸一樣，都是杏影所培植的「接班人」）。

　　我在這一段開頭引錄的文字固然是寫於一九九一年，還有好幾篇討論砂華文學獨特性的論文，其他像〈馬華文學的再出發〉、〈馬華文學的展望〉和〈詩人與社會〉等固然都完成於這一年後；其他輯入《到生活中尋找繆斯》（1987 年）中的〈詩的起步與躍進〉、〈到生活中尋找你的繆斯〉、〈馬華文學的創作路向〉和〈論詩意境中聲、色、光與動作的運用〉等都寫得更早，於一九八二～一九八五年間。而比所有這些論文和演講文更早的是收輯在《九十年代馬華文學展望》（1995）中的兩篇論文：〈談砂勝越的文藝事業〉和〈文藝與生活〉，前文寫於一九五九年十二月，刊載於砂勝越《新聞報》一九六〇年新年特刊，後文寫於一九六〇年八月十五日，吳岸在《九十年代馬華文學展望》的〈後記〉裡稱這二文的獲得是「出土文物」。

　　換言之，吳岸在三十五年後喜獲友朋寄贈這些文章時可能早已把它們「忘了」。這樣說來，方修似乎還是吳岸一九八二年後不斷「生產」議論文字的催生婆！對於我們這些吳岸詩歌藝術的研究者而言，他在這兩篇論文所陳述的觀點不僅跟三十一年後的論點契合，而且顯得咄咄逼人，激烈多了。

　　〈談砂勝越的文藝事業〉引起我特別注意的是以下這一段文字：

> 在建立起愛國主義的砂勝越文藝事業的同時，我們要反對那些唯美的、灰色的、個人主義頹廢的文學。……我們呼籲這些作者嚴肅地對待生活，確立起正確的人生觀，克服自己的「痛苦」，走出個人的小天地，以砂勝越人民的利益為重，參加實際的生活鬥爭。（頁 160-161）

在這裡，吳岸不僅反對寫頹廢的詩章，而且呼籲詩作者得走出個人

生活的小圈子，積極投入生活的洪爐中去，「參加實際的生活鬥爭」[4]。像這樣洪亮的呼籲六〇年代前後曾在新加坡一些搞意識型態的雜誌上反覆出現過，也很能反映吳岸本身早年參與反殖民學生與社會運動的轟轟烈烈的經驗，以及反映了當時的宰執力量。吳岸不僅從開始就把自己定位為一個愛國詩人，而且是一位投入「紅塵」獻身社會改革的詩人（a committed poet）（見《詩人與社會》，頁 29, 30）。他的激進尤其表現在底下這段：

> 現實主義的文學藝術是通過藝術的形象的創造再（表）現生活，批判現實生活，改造現實生活。只是客觀地反映現實而不指出改造現實的方法的創作方法在今天已經是屬於過時的了。
> 生活是文藝的源泉，文藝直接地產生於生活，作家創作的作品的現實主義的程度決定於作家對客觀現實的干預與了解的程度。（〈文藝與生活〉，頁 175）

第一段最後一個句子先告訴我們，詩人早已對早期現實主義粗糙的、照相式的反映現實感到不滿，「批判」、「改造」和「干預」現實這些詞語指證，詩人早在六〇年代服膺的就是浪漫現實主義或社會主義現實主義，「批判（生活）」一詞在艾青的《詩論》中出現了兩、三次（頁 44, 74）；跟「改造」的意涵有些關聯的「創造」或「改變」自己的生活以及「摧毀」世界的渣滓各在《詩論》中出現一次（頁 74,

---

[4] 據我研究，吳岸還在〈馬華文學的展望〉中提到詩要反映社會、反映政治鬥爭（頁 24）。此外，在他處幾乎已不再重彈像鬥爭這麼樣激昂的論調了。

76, 79）；「干預」一詞則尚未找到出處。在〈文藝與生活〉這篇短文裡，吳又提到，為了深入去挖掘生活，作家就得根據正確的社會學觀點去調查、研究、分析概括現實生活的各種繁複的事物。沒有這一層調查、研究、分析概括的工作，現實生活就不可能在作品中獲得正確與真實的反實。然後在下一段中，他又提到「作家需要干預社會現實生活，更重要的還需要具有正確的科學的對待這些現實生活的立場和觀點」（頁 177）。先說「批判」這個詞，浪漫現實主義也叫批判現實主義，由於浪漫主義的一個特質就是「革命」，所以服膺浪漫主義的人，假使顯得很有「戰爭性」，那是一點都不會令人感到驚訝的事；至於「干預」和「改造」現實生活，那顯然已從浪漫現實主義更邁進一步，進入到社會現實主義的殿堂，文學的工具性特質在此已曝露無遺[5]。那就是為什麼我在本論文前頭部分提到，不管是

---

[5]　一九七五年，方修在〈馬華文學的主流──現實主義的發展〉中提到現實主義是在不斷發展中，此確為的論。用他的話說，現實主義的創作傾向「從最低級的型態向最高的型態發展，從舊的現實主義向新的現實主義的方向邁進」（頁20）。接著他即把中國新文學的發展歸結成五種形態：[1] 客觀的現實主義作品；[2] 批判的現實主義作品；[3] 徹底批判的現實主義作品；[4] 新舊現實主義過渡時期作品；[5] 新現實主義作品。每一類型他都做了舉證說明，問題是，他這種分類（以及所用標籤）都是一廂情願、主觀地歸結出來的，當時大陸及蘇聯等並不採用這樣的歸類及「術語」，方修若不是缺乏資訊就是故意模糊，不敢採用共產國家的標籤。方修上面那段加上引號的文字，吳岸兩次引用在其〈馬華文學的創作路向〉（1984）中（頁 6, 8），但吳卻巧妙地避開了上頭這種有問題的歸類。吳岸從早年向魯迅、艾青、高爾基等一直到後來向方修和方北方等理論方家學習皆是有脈絡可尋的。本地批評家這種隱晦不明常常教一般後學者掉落五里霧中，任何研究馬華文學論述者都得小心翼翼來對付這種文字障。順便一

在理論的推展抑或詩歌創作的實踐過中，吳岸往往有「夾帶」或「偷渡」的動作出現。另一方面，吳岸主張要採用社會學的田野調查的步驟去了解現實生活這一點，那亦似乎不是樸素的、古典的現實主義的觀點（當年茅盾為了深入了解上海的股市活動，曾實地去調查研究了好幾個月才寫成他的《子夜》，他這種做法就被認為是自然主義的實踐）；至於要採取像自然科學那樣精細的檢證辦法來辨別生活的本質，那確實早已跨入自然主義的範疇了，讀者只要找出左拉所寫的《實驗小說》一文來讀一讀，即可理解我之所言不虛。

在了解吳岸的文學理論的發展與形成上，他早年這兩篇〈談砂勝越的文藝事業〉和〈文藝與生活〉就佔據著極為關鍵的位置；他後來所要探索的許多理念不僅這兒都有了雛形，而且是表現得相當激進，所以這兩篇論文的重要性就像本文開頭引用的〈馬華詩壇的回顧與展望〉一樣，都是切入詮釋分析吳岸的詩歌與理論的起點，多少也是他在這兩方面發展的濫觴和縮影。五〇年代中期他開始寫詩時，他根本不需要考慮「詩應反映社會」或「詩人應參與社會生活」這一類問題，因為在未提筆寫詩之前的學生時代，他「就已經參與帶有反殖民主義的學生運動和社會運動」（〈詩人與社會〉，頁

提，蘇聯的社會現實主義定義是由史達林本人所欽定，並由其御用文人日丹諾夫所推展而定於一尊，引介進入中共就變成毛澤東的「工兵文學」；依據馮雪峰的界說；「社會現實主義文學的使命是為社會主義服務的」。又說社會現實主義文學的功用／工作是為了「改造和教育」勞工階段。史的定義以及馮雪峰的話，請參見 Xudong Zhang, "The Power of Rewriting ──Postrevolutionary Discourse on Chinese Socialist Realism," 285-86。

23），他的詩就是生活的表達，生活就是他的詩歌的源泉。在〈詩人與社會〉這篇講文中，他也曾提到世界上一些著名的詩人，他們的詩都曾跟其國家民族的命運結合在一起，像我國的烏斯曼·阿旺、南非的丹尼爾·布魯斯特、莫三鼻克的米凱亞和古巴的古拉斯·紀廉等等，這些詩人的積極參與社會改革運動，成為社會活動家。他只是一再強調投入生活與參與社會活動對一個詩人在擴展其經驗、深化其感受是多麼重要而已。

　　在處理了吳岸詩歌理論的源頭與對現實主義折衷性的理解之後，現在我們還得探討一下他對某些理念的堅持以及在八〇年代之後他對現代派技巧的汲取。他本來就是非常堅持砂華、馬華文學得繼續發揚其現實主義的傳統，由於這種堅持和主張，他相信馬華文學所包蘊的民族性、地方性與時代性才能受到維持和發揚光大。八〇年代以來，由於受到台灣提倡鄉土文學的鼓舞，他更有理由相信，砂華文學的地方性特徵，「是由砂勝越特殊的地理環境、社會與歷史背景、民族組成及風土風情所決定的」（〈馬華文學的再出發〉，頁8），任何吸收外來的異質性的養分和技巧都得以自己的鄉土為立足點來進行的，這麼樣才不會使一個較為弱小的文化特徵喪失掉。跟地方性、獨特性相關的就是他在〈我的詩觀〉裡所堅持的「真摯性」；真摯與美密切相關，用他的話說，「真摯是感人的唯一因素」（頁40），而真摯是詩人在感性體驗生活中得來的。而最後一個堅持似乎跟上述這些堅持並沒有太大的關聯，但卻是大馬這個多元種族社會裡特有的，那就是得堅持愛國主義。根據吳岸的說法，愛國主義並不是一個純政治化的口號，「而是一種基於熱愛這個國家、土地和各民族

人民的鄉土觀念和國家意識、思想和感情。」更有甚者：

> 愛國主義應成現階段馬華文學的思想基礎，成為具有六十年
> 傳統的馬華現實主義文學在當前這個新的歷史時期內之時
> 代性與地方性，民族性與人民性的根據和出發點。（〈馬華文
> 學的創作路向〉，頁6）

吳岸對於愛國主義的發言時為一九八四年，我們當然知道八〇年代
還是一個相當紛擾傾軋的時代，我們當然更知道，一個國家在凝積
團結各族群時需要這股強大的力量；但是，我們更希望，馬來西亞
在邁入廿一世紀之後，它應該已是一個有朝氣、有信心，各族群平
等和洽相處的現代化國家，這樣我們就不必老是抬出這個大標籤來
呼籲要求我們的作家，以免時代錯誤得太離譜。

　　本文第四段即已略為觸及吳岸自現代派、中國古典詩歌與繪畫
源頭汲取養分及技巧。先說現實主義與浪漫主義的結合，任何對西
方文藝運動流派的發展略識之無的人士都曉得，現實主義的第二個
階段性發展即是從浪漫主義汲取滋養，使得它更具人性關懷、更具
「革命性」、更能給人類提供前瞻、憧憬（vision）和希望，如果僅從
這一點來觀察，浪漫主義其實跟馬克斯思想一樣，永遠給人們提供
希望和憧憬。現實主義跟浪漫主義的結合就構成了所謂的批判或浪
漫現實主義。所以吳岸在〈馬華詩壇的回顧與展望〉一文中提到他
早年深受浪漫主義（另一個是現實主義）的影響時，我是一點都不
訝異的，用我們現在的話語說就是回歸基本面，有勇氣暴露事實真
相，天真得可愛。在一篇檢討馬華文學的創作路向的講稿中，吳岸
在提到我們應該怎麼樣繼承和發揚馬華文學的現實主義傳統時，他

曾提到我們應該「結合使用浪漫主義手法」，而且又說：「浪漫主義和現實主義並不是互相排斥的，而且可以結合在一起運用的」，最後又說它可以給人類提供「美好的理想」（〈馬華文學的創作路向〉，頁10）。坦白講，這些理念的暴露都僅僅是回歸現實主義的一個重要的基本面而已，浪漫主義強調想像力、原創性，對自然景物的描寫和意象、象徵的運用等等，更重要的是要把人類從各種框框架架中解放出來，這些早已變成人類共同的遺產，進入到浪漫主義以後出現的許多理論中。可是，很遺憾的，在新、馬獨立前後，新加坡一些雜誌還曾為了浪漫現實主義和社會現實主義兩者之間的優劣，還打了一陣子筆墨官司。之後，大家似乎都被「噤了聲」，一拖就是二十幾年，還有勞吳岸這位現實主義重鎮來解浪漫主義之「禁」！

　　吳岸對現實主義的採納是「兼容並蓄」，是折衷性的挪用與推展。他討論到馬華現實主義的文章有好幾篇，例如：〈文藝與生活〉（1960，輯入《九十年代馬文學展望》）、〈馬華文學的創作路向〉（1984，輯入《到生活中尋找繆斯》），甚至像〈佛教與文學〉（1991，輯入《九十年代馬華文學展望》）等文俱是，不過，能條分縷析並舉證剖析現實主義的特色者只有〈到生活中尋找你的繆斯〉（1983，原為《我何曾睡著》的代序，後輯入《到生活中尋找繆斯》）這一篇。這篇文章是他一九八三年八月十四日在南洋商報與大馬作協聯合主辦的寫作講習班上的講稿，講理論的高度並不怎麼樣，不過，由於他把個人實踐所得分成五部分來說明：（一）生活與技巧；（二）形象化與典型化；（三）舉證〈我何曾睡著〉的創作過程；（四）積極的主題；（五）馬華文學的主流。這樣倒是眉目清晰，條理清暢，我尤其讚賞他對

〈我何曾睡著〉這首詩的坦誠剖析。

先說體驗生活的重要，這一點幾乎是抱持現實主義旗幟者的「真理」。吳岸說「生活是文學創作的源泉（頁17），艾青在《詩論》中幾乎持同樣的看法，例如他在〈詩與宣傳〉中說：「詩，應該盡最大限度的可能去汲取生活的源泉」（頁75），在〈生活〉中又說：「生活實踐是詩人在經驗世界裡的擴展，詩人必須在生活實踐裡汲取創作的源泉」（頁18-19），句構或略有差異，意涵卻是相同的。吳岸也非常講究創作技巧，不過他卻反對在脫離生活的情況下，「片面地追求詩形式的多變和新奇」（頁18）；艾青則時而把形式看成敵對的東西，時而拒絕把技巧「看作絕對的東西」，又時而說「詩人應該為了內容而變換形式，像我們為了氣候而變換服裝一樣」（〈形式〉，頁22）。吳岸在第五段末尾就引了艾青的《詩論》的話，在這第一段末尾亦引了〈在汽笛的長鳴聲中——《艾青詩選》自序〉中有關形象思維的話（頁399），所以我特別把艾青與吳岸幾乎相關的話語並置，此一做法並非無的放矢。

吳岸認為形象化與典型化是現實主義詩歌創作的兩項基本規律。吳說：「形象是詩的最基本的特徵，沒有形象，就沒有詩」（頁18）；「形象是呈現在詩作中的具體的、感性的，能給讀者以美感的自然或人生的畫景」（頁18）。艾青在《詩論》中談論形象或形象思維之處頗多，例如他說：「形象是文學藝術的開始」（〈形象〉，頁30），又說「所謂形象化是一切事物從抽象渡到具體的橋樑」（〈形象〉，頁31），然後在討論詩語言的功能時又說：「較永久的語言……是形象化了的語言，也就是詩的語言」（〈語言〉，頁35），這些言說多少都

跟吳岸的說法有些微關聯。然後在討論到典型化時說，典型就是詩作品中最具概括性的形象，這種形象是從生活題材中抽繹出來的，即是所謂以個別來反映一般的方法（頁 19）。

吳這種說法可能從魯迅那兒得到一些滋養，因為接下來他即引用了魯迅的「借一斑略知全豹」的話來佐證其說法。然後在探討詩歌藝術的文字時，吳說：「詩人必須學會熟練地運用想像、意象、聯想、比喻、象徵來創造美的意境」（頁 20）；提到想像和象徵即表示艾青和吳岸早已把現實主義跟浪漫主義銜接在一起而不自知。雖說吳岸並未對這五個技巧加以界說並說明它們是如何能達到創造美的境界；可是，除了「比喻」這一項以外，「意象、象徵、聯想、想像及其他」這個句子卻是艾青《詩論》中的一個條目（頁 32）（跟吳岸不一樣，艾青當然給這些個別項目／策略做了直觀式的陳述）。

吳岸在給自己的〈我何曾睡著〉做剖析時，他提到自己運用了象徵、夢境（dream vision）、電影蒙太奇短鏡頭和典型等來獲致一個完整的藝術形象。其實，他未及提及的可能還有具象詩的文字排列、時間的壓縮和超現實的手法等。這樣說來，這可是一首虛實相間、寫實兼寫意或是寫實主義現代化的傑作。至於第四項的「積極的主題」，這可是相當富有爭議性的說法。吳岸的一些詩觀／理論都是從經驗中蒸餾而來，是頗為規範性而非描述性的。每個社會現實主義者都要提倡健康寫實的作品，因為這些作品都是要拿來「改造和教育勞工階級的」（馮雪峰語）。吳岸自從五〇年代中學時參加學生及社會運動開始，他一直都是一位誠懇、富有朝氣、有戰鬥意志的人，當他提出「現實主義的詩，應該有一個積極的鼓勵人們向上的主題」

（頁 27）時，我想我們應都可以理解。不過，主題的積極不積極必然牽扯到讀者的閱讀反應——主題意義都是讀出來的、詮釋出來的，這種規範性說法必然會受到當今受過後結構主義理論洗禮的人的挑戰。我這樣說明並不表示我完全反對他這一段的所有理念。當吳岸說到主題的表現要含蓄包蘊在作品中，不是由作者外加進去的，「而是詩人站在熱愛生活與關心人類的立場上，在認識生活與塑造藝術形象的過程中，所注入的自己的思想，再通過美的的形象暗示給讀者」（頁 27-28），他不僅照顧到藝術形象，而且有對人類的終極關懷，我想任何派別的理論家或作家都會洗耳恭聽的。

　　吳岸這篇論文的第五段討論了馬華文學的主流問題，跟他的精神導師方修和方北方所一再堅持的一樣，那必是現實主義無疑。姑且不論其主張對否，或站不站得住腳（他這篇講文的最後一句中有：「每一個人都可以自由地選擇他自己的寫作道路」，這，其實是相當充滿了妥協的話），他能這樣數十年如一日地堅持一個主義已屬不錯。還有，他終於能像原甸一樣（他們都是杏影的「接班人」）意識到，現代派的形成「是文學發展的必然現象，也是正常的現象」（頁29），這終究是彌足珍貴的覺悟。他在這一段所舉的兩個例證——中國與歐洲文學自古以來即是現實主義的發展——都有不少盲點。首先是如何定義現實主義這個標籤、寫作方法、思潮甚或意識形態的問題。如果像那麼為寫實辯護的戴理斯（Raymond Tallis）都把綺想（fantasy）和文字遊戲排除在寫實主義外頭（頁 190-191），那麼《楚辭》就不應屬於這一個文學系統，而歐洲的十九世紀（至少在前半世紀左右）是一個徹底的浪漫主義的天下。至於挖發「表現自我」

（頁 30）未必是現代主義的禁臠，我們只能說這是現代主義從浪漫主義那頭繼承下來的一種遺產／手法。

吳岸不是一個思想家，也不是一位純文學理論家，從早年的不太願意談詩論藝一直到八〇年代以來，他不斷受邀發表詩學言論而累積了不少這方面的論述為止，我們發覺他是很肯汲取新知識、新技巧的詩人，所以他的詩藝和詩歌都是與日俱進的。他是某種形式的折衷派，或是現代化了的寫實主義者。一九九七年國際詩人節，張永修在《南洋商報・南洋文藝》版為他出了一個特輯，輯首題綱說他「一度占據了馬華詩國的半壁江山」（1997/06/06，C5），我想這個是可以接受的。在詩歌理論上，他也不斷墾拓，洞識與盲點並陳。我是非常肯定他的洞見與勇氣的，所以再引〈到生活中〉後段的一段文字來總結這篇論文：

> 現代派對現實主義傳統的對抗，客觀上也不是件壞事，它激勵了現實主義作家檢討本身的缺點，尤其是在寫作技巧方面存在的弱點，尋求新的突破，兩種不同的文學思想在互相排斥中相互滲透，促進了馬華文學的發展。（頁 30）

引文書目：

Raymond Tallis. *In Defence of Realism*. London: Edward Arnold, 1988.

Xudong Zhang. "The Power of Rewriting —Postrevolutionary Discourse on Chinese Socialist Realism." *Socialist Realism Without Shores*, ed. Thomas Lahsen and Evgeny Dobrendo.　Durham: Duke UP, 1997, pp.282-309.

方　修〈《達邦樹禮讚》序〉,《達邦樹禮讚》,吳岸著。吉隆坡:鐵山泥,
　　　1982,頁 i -vi。

方　修〈馬華文學的主流──現實主義的發展〉,《馬華文學的現實主義傳
　　　統》。新加坡:洪爐文化,1976,頁 20-31。

艾　青〈生活〉,《詩論》,頁 17-19。

艾　青〈在汽笛的長鳴聲中──《艾青詩選》序〉,《艾青全集》,頁 387-406。

艾　青〈形象〉,《詩論》,頁 30-31。

艾　青〈意象、象徵、聯想、想像及其他〉,《詩論》,頁 32-34。

艾　青〈詩與宣傳〉,《詩論》,頁 74-79。

艾　青〈語言〉,《詩論》,頁 34-38。

艾　青《詩論》,收入《艾青全集》第三卷。石家莊:花山文藝,1994,頁
　　　5-100。

吳　岸〈文藝與生活〉,《九十年代馬華文學展望》,頁 175-178。

吳　岸〈永遠的紀念〉,收入《達邦樹禮讚》,頁 i -vii。

吳　岸〈佛教與文學〉,《九十年代馬華文學展望》,頁 42-50。

吳　岸〈我的詩觀〉,《九十年代馬華文學展望》,頁 40-41。

吳　岸〈到生活中尋找繆斯〉,《到生活中尋找繆斯》,頁 16-31。

吳　岸〈後記〉,《九十年代馬華文學展望》,頁 179-181。

吳　岸〈馬華文學的再出發〉,《馬華文學的再出發》,古晉:大馬華文作家,
　　　1991,頁 1-13。

吳　岸〈馬華文學的展望〉,《馬華文學的再出發》,頁 14-21。

吳　岸〈馬華文學的創作路向〉,《到生活中尋找繆斯》。吉隆坡:大馬福聯,

1987，頁 1-15。

吳　岸〈馬華詩壇的回顧與展望〉，《九十年代馬華文學展望》，古晉：砂華
　　　作協，1995，頁 18-24。

吳　岸〈詩人與社會〉，《馬華文學的再出發》，頁 22-30。

吳　岸〈詩的起步與躍進〉，《到生活中尋找繆斯》，頁 32-40。

吳　岸〈談砂勝越的文藝事業〉，《九十年代馬華文學展望》，頁 149-163。

杏　影〈拉讓江畔的詩人〉，序《盾上的詩篇》。二版。吉隆坡：南風，1984，
　　　頁 1-16。

林　臻〈詩與蒙太奇——吳岸詩集《達邦樹禮讚》〉，收入曾榮盛編《吳岸詩
　　　作評論集》。吉隆坡：馬來西亞翻譯與創作協會，1991，頁 38-44。

原　甸〈八十年代新華詩壇鳥瞰圖〉，《我思故我論》。新加坡：萬里，1988，
　　　頁 200-236。

原　甸〈作者年表〉，《原甸三十年集》。新加坡：萬里，1990，頁 615-621。

陳月桂〈經驗的波浪——論吳岸詩中由中國與西方傳統所構成的獨特思
　　　想〉，收入曾榮盛編《吳岸詩作評論集》。頁 58-76。英文原文 "Waves
　　　of Experience." *Chinese Literature in Southeast Asia*, ed. Wong Yoon Wah
　　　and Horst Pastoors. Singapore: Goethe-Institute and Singapore Association
　　　of Writers, 1989, pp.173-85.

[1999]

寫實兼寫意

——馬新留台華文作家初論

　　一九八八元月四至五日，蔡源煌《聯合報》副刊發表了〈從大陸小說看「真實」的真諦〉一文[1]，內中探討大陸當代作家如何對「社會主義的現實主義」提出徹底的質疑，以及如何在小說中營造虛與實、夢與真，內中有如下一段話：

> ……以表現派、現代派的文藝創作觀去補寫實主義之不足，在國內（即台灣）文壇來看，是已經發生過的現象。然則，最教我們納悶的是，在鄉土文學論戰當時，甚至於在它已經事過境遷十年後的今天，國內的某些評論家竟然還是動輒以寫實主義的指令來要求作家。

> ……我們指出寫實主義的侷限，並不是說要全盤摒棄寫實主

---

[1] 本文同時刊載於《聯合文學》39 期（1988/01），頁 41-51。

義——那是不智而也辦不到的。可是，我們卻有必要呼籲評
論者切勿妄自以為寫實主義是佔有絕對優勢的東西，而以它
的指令去進行黨同伐異的批評。即使同樣是寫實主義的作
品，各個作家的態度也不會一致。（1988/01/04，23 版）

我非常同意蔡源煌的話，故此把它抄錄在此，以作為我這篇論文立
論的基石：因為據我所知，討論新馬地區的文學一定會觸及寫實主
義的問題，但對於這一創作態度、技巧的學理的探索，可說少之又
少，能把它系統化而發揚光大、像盧卡契（G. Lukacs）那樣的，更屬
鳳毛麟角。植根現實以超越現實，從小我出發以進入大我，終至對
人類發出溫煦的終極關懷，我想，那應是每位作家的創作指歸。題
材固然重要，但是，如何把題材結合形式，在形式上不斷翻新，以
進入世界文學之林，那應是任何企圖成為偉大作家的人的雄心壯志。

在我針對近二十年來從台灣畢業回到新馬的作家的作品進行研
讀時，我就一邊暗地為我研究的對象感到興奮，畢竟他們都能認清
創作的目標，他們已緩慢地穿越五四以來過分膠著於寫實的泥濘地。
前幾天看到姚拓、馬崙和李錦宗三位共同執筆的〈變革與發展——
馬來西亞區編選前言〉一文，內中有一段話跟我胸中隱隱然湧現的
感受是一致的：

一般來說，從七〇年代中期開始，馬華小說作者多半已打破
了寫實主義與現代主義的藩籬，不再以主義圈套自己。他們
更相信，好的小說必定具備寫實與寫意兩項素質……。（《世
界中文小說選》，台北：時報，1987，頁 581）

其實在六〇年初期，當時我在北馬負責《海天月刊》的編務時，我

即覺得當時的年輕小說家如宋子衡和梁園等，早就不耐於把脖子縛在寫實主義的框範下；他們開始在小說裡利用象徵、編織夢幻的場景和利用意識流手法等。美國後現代主義理論家哈山（Ihab Hassan）在一九七五年曾這麼說：

> 如果我們可以武斷地把文學現代主義的範圍，以夏希的《于步王》（1896）作為起點，以喬埃斯的《芬尼根守靈記》（1939）為終點，那麼後現代主義何時開始？比《守靈記》早一年嗎？即沙特《嘔吐》或貝克特《墨菲》出版的一九三八年？（轉引自張漢良〈哈山是誰？〉，《中國時報‧人間刊副》，1987/05/05，第 8 版）

哈山這段話隱含了一個弔詭：現代主義和後現代主義並不易截然二分。其實，現代主義和後現代主義，尤其在音樂和建築等方面，早已變成我們生活的一部分，文學的現代和後現代何獨不然？寫實主義歷經十九世紀末的自然主義把它極端化以來，寫實永遠再也不會是照相式、鏡面式的反映，寫實早已孕育了內在心靈的刻劃，個人生活夢幻虛實的雜糅，河水豈能倒流回來反映早被揉碎的影子？在我們研讀馬華小說家潘貴昌和商晚筠的小說、詩人陳強華和傳承得等的詩時，我們就會發覺，他們都很關懷現實生活，他們都或直接或夢幻地對周遭的事物作了反映；但是，他們也能在抒發情懷、營造情節時，做到蘇俄形構主義者所主張的奇異化，以新穎的處理方式引人進入更高的境界。我們在討論新華作家王潤華和淡瑩的詩時會發覺，他們是所謂歷經現代主義、後現代主義的詩人，但在他們的近期作品中，他們卻已從晦澀、浮泛以及喧嘩中走向寫意的寧靜。

　　自五〇年代中期開始有美援以來，中華民國政府即在台大和師大等校園建立僑生宿舍，逐漸大量吸收東南亞的華僑（裔）中學生回國升學，這三十年來，新馬地區赴台深造回來的大專畢業生少說也有兩萬人以上，在這當中，夠得上冠以作家之名的當在二十位之譜。馬崙著的《新馬華文作家群像》（1984）登錄了從一九一九年至一九八二年一共五百〇五個作家，內中只有畢洛、張寒、孟仲季、林綠、潘雨桐、王潤華、李有成、冷燕秋、陌上桑、淡瑩、鄭百年、鍾夏田、李永平、周喚、賴敬文、方娥真、陳強華、張貴興、商晚筠、黃昏星、溫瑞安和我（陳慧樺）是屬於留台的新馬作家，百分比（22/505）顯然不高，但看看這列入的二十二位之中，畢洛、張寒、陌上桑和鍾夏田都曾是或現任大報社的副刊編輯或總編輯，鍾夏田是大馬寫作人協會的第三任會長、王潤華為現任新加坡作協的會長，據此可知，他們對推動新馬的文藝活動有舉足輕重的貢獻。從一九八二年到今年（1988），值得我們重視的大馬留台作家應有永樂多斯、張錦忠、王祖安、余蘐然和林金城等[2]，只要他們肯傾全力創作，日後他們之中或會冒出一兩位重要作家也說不定。

　　本文僅限於對那些回到新馬兩地的作家作嘗試性的探討，因此，像今年以〈柯珊的兒女〉榮獲「第十屆時報文學獎」中篇小說獎的張貴興[3]，這兩、三年來經常在港台報章寫短篇抒情散文而最近有一

---

[2] 王祖安幫我取得傅承得、陳強華的資料，並在信中提到余蘐然和林金城等資歷，特此致謝。當然也謝謝他給我提供了他自己的詩作和資料。

[3] 張貴興一九七九學年度在師大英語系曾上過我開的「文學批評」，當時即在文壇嶄露頭角，其短篇小說即先後獲得《中國時報》所舉辦的年度文學獎，其短

篇推理中篇〈禁地〉在《中國時報·大地版》連載的方娥真[4]，這七、八年來在港台以寫新派武俠小說走紅的溫瑞安，以及以文字精練、結構佈景類似卡夫卡的李永平[5]，都因他們不是留在香港即留在台灣，不算在 returned writers 的賬內，可以撇而不論，雖然我們無法否認他們的作品會對新馬地區的讀者造成一定的影響。同樣地，我們也得撇去留在台灣的林綠、李有成、張錦忠和本人等等。在這篇論文裡，在大馬方面，我只想討論潘雨桐、商晚筠、王祖安、傅承得和陳強華五位；在新加坡方面，我只想討論淡瑩和王潤華。理由很簡單，一來我對他們的資料掌握得最齊全，另一方面，他們不是能寫

篇小說集《伏虎》一九八〇年由時報出版公司出版。沉默了好幾年後，今年他又以〈柯珊的兒女〉榮獲「第十屆時報文學獎中篇小說獎」，這中篇分八十八次在《時報人間副刊》連載，今年（1988）五月廿五日才連載完畢。

[4] 方娥真本分發在台大中文系就讀，八、九年前由於余光中推薦轉入師大英語系就讀，一年後即因種種原因離開。方娥真的詩文清麗委婉，她真是一位才女。其中篇推理小說〈禁地〉一九八八年六月廿九日開始在《中國時報·大地版》連載，至七月廿五日才登載完。

[5] 李永平的第一篇短篇〈拉子婦〉一九六八年在台北的《大學雜誌》刊登時，即受到顏元叔的讚賞。顏的《評〈拉子婦〉》後附在《拉子婦》（台北：桂冠，1976），頁 167-169。劉紹銘七年前用英文在台北的《淡江評論》（Tamkang Review）上評論李永平，說他是自陳映真、白先勇、陳若曦、黃春明和王禎和以來，在七〇年代最重要的小說作家之一，見 TR, 12（Fall 1981），頁 6。李永平把近年寫的十二個短篇輯為《吉陵春秋》一書，一九八六年交由洪範書局出版，書前並附有余光中的賞析文字《十二瓣的觀音蓮》，對小說的技巧、背景、象徵和文字特色等有鞭辟入裡的剖析。此書出版後曾受到熱烈的討論，例如龍應台的苛評，使得作者在第二版時，對某些文字作了些許潤飾修正。

實兼寫意，即是能始於寫實而終於寫意，更重要的是我覺得他們都很傑出，應受到文壇更大的重視。

在小說這個範圍來講，我本應花一點篇幅來討論張寒和鍾夏田在六、七〇年代發表的一些小說。記得六〇年代初期，蕉風出版社每月隨月刊出版一本三、四十頁的中篇小說，當時張寒約有六本中篇相繼問世，它們是《冷若夢》、《褲子》、《雁語》、《失落的愛》、《兩代》和《夕陽》。這些中篇在當時相繼出版，顯然很受到重視。十幾年後，他的另一本短篇小說集《大冷門》列為建國文藝叢書出版，內有中短篇如〈沒有人愛我〉和〈判我死刑吧〉在刊出當時曾引起爭論，我目前手頭沒有這些集子，無法討論[6]。同樣的，我因手頭沒有鍾夏田的小說集，對他在藝術上的成就，也無法置評。鍾夏田學的是農科，返大馬後曾長期主編南洋商報的《讀者文藝》，積極策劃推動文藝活動；馬來西亞寫作人協會於一九七八年七月正式成立後，鍾為首屆及次屆理事會副會長，後為會長，其對大馬華文文藝活動的推展，自是功不可沒。我給題目冠上「寫實兼寫意」，標明寫本文的用意及目的是：發掘推銷具有前瞻性、內容及技巧各方面都周延具有影響力的作家。

潘雨桐和商晚筠在創作上有某些類似之處。第一，他們寫的都是中等以及中下階層的人物如理髮匠、農夫、戲子、裁縫、教師、齋姑、妓女、計程車司機、公司的小主管、超級市場會計和餐廳老闆

---

[6] 關於張寒的簡略評介，見馬崙著《新馬華人作家群像》，頁150。馬著於一九八四年由新加坡風雲出版社出版。

等等。即使像潘著中篇《紐約春寒》裡的沈苓、商著短篇〈黃昏以後〉裡的上海老太太，前者出身官宦家庭，愛逛櫥窗，又酷愛鑽石，後嫁給任職製藥廠試驗室小組長的柳若愚，後者年已八十七歲，仍舊嗜錢如命，苛以待人，這些也實在談不上屬於所謂的上層社會。第二，他們大都描寫冷靜而含蓄，「筆觸細膩，溫婉而具同情心」[7]，寫實而能踰越古典寫實主義的窠臼，利用象徵筆法和心理刻劃等技巧，以擴展主題層面，強化人物的可信度。第三，他們處理的生活層面，已擴及不同種族及文化背景，頗能顯現一個多元種族社會的複雜性和立體感。

　　商、潘也有其個別獨特之處。商晚筠出生北馬華玲，一九七七年夏畢業於台大外文系，十二月八日返馬後曾在報界雜誌界工作，今則轉任新加坡電台編劇；潘雨桐自台中中興大學畢業後，曾赴美國奧克拉荷馬州立大學留學，獲有遺傳育種學博士學位，曾回中興任客座副教授，今則在大馬柔佛州笨珍附近園丘內任職。這些不同的經歷都或多或少在他們的作品中發生作用。一個把北馬城鎮當背景，寫多元種族社會的眾生相，深深地切入生活底層；另一個則寫南馬，然後擴展觸鬚，把台中、笨珍和紐約的種種都網羅入小說世界中。一位溫婉深沉，一位飄逸遼闊。不同的經驗層，不同的性別營鑄了迥異的小說世界。另一方面，由於生活層面和性別有異，潘、商所探索的問題也不太一樣。潘雨桐從獲獎的〈癌〉到一九八七年

---

[7] 此為白先勇對潘雨桐小說的讚語，引見丘彥明跋，潘著《因風飛過薔薇》（台北：聯合文學，1987），頁312。

三月發表在台北《聯合文學》上的〈一水天涯〉，大馬的教育問題，一直是個縈繞他胸臆的課題，而這個揮之不去的問題，商晚筠似乎尚不想去思索。

　　在對女性的刻劃上，潘雨桐從寫眉毛疏黃、臉龐圓大的束慶怡（見〈天涼好個秋〉），到寫那個愛逛櫥窗愛買鑽石有點任性的沈苓（見〈紐約春寒〉），一直到寫那個粗脖子、粗腰、粗腿的楊可璐和那個青春活潑、大眼睛溜來溜去的葉若蘭（見〈煙鎖重樓〉）[8]，可說都寫得既傳神且深刻。但是，跟商晚筠在〈七色花水〉刻劃那對相依為命的姐妹花一比，我們即刻發覺，商晚筠以她女性的身份來寫女性的細膩心理反應，實在有女性主義者所一再強調的「非我莫屬」的經驗領域，而男性作家只有靠想像、靠感覺投射來描述了。〈七色花水〉這短篇以一對姐妹花擠在一個木澡盆洗七色花水為背景，中間插以許多倒敘和前敘，以構成這篇小說的肌膚經緯：作為裁縫師的「姐」跟一個長了副娃娃臉看來「老實忠厚」名叫陳順年的人的戀情。小說前段有底下數段：

> 姐身子養得極白，頸項一逕白到腳板。她常年踩縫衣踏板，鎮日不曬太陽，了不起晨早去一趟菜市，她底白和股憂鬱蓄養了好些年，越發不肯黑了。她嬌弱底薄身子積不出半斤力，可打撈那勁卻猛有一把，水桶一起一落，連帶渾圓小巧的奶，彈勁地顫動。

---

[8]　潘雨桐的〈天涼好個秋〉、〈紐約春寒〉和〈煙鎖重樓〉及另一篇《天涯路》都收在《因風飛過薔薇》。

往年浴七色花水，總沒覺出與姐兩人赤身裸體有何怪異，而
今彆得緊，臉上驟地燙熱，怕她回身瞧見，忙覆臉膝頭上，
一壁掬水拍打臉面。……

姐盡屈抱膝蓋，瘦伶伶的肩窩像挖空的兩個肉坑，腳接兩條
白冽冽的胳膊。雪白的乳房給膝頭抵成兩墩肉團。姐承了媽
一雙明眸，總有兩汪水包在眼瞳裡的溜溜地盈轉。從來，沒
見姐快樂過，即使小小的喜悅也不曾。（《聯合文學》22 期
（1986），頁 91）

作者寫這個十六、七歲的「我」的細緻成長感覺和敏銳觀察力，「我」
這個知覺中心的敏銳觀察感覺，這種「經驗」似乎比較不容易由男
性作家「道」出。而〈蝴蝶結〉[9]中那個知覺中心的「我」的感覺也
極為敏銳。

　　商晚筠在台灣時寫的十一篇小說，後來輯為集子《癡女阿蓮》，
一九七七年年底由台北聯經出版。在這本處女作中，我們即可發覺，
商晚筠的確是一位觀察既敏銳且又深刻的才女。例如〈木板屋的印
度人〉寫一個印度理髮匠跟他妻子的故事，他們生活的內容是酗酒、
打罵與對抗，既淒惻且又令人深富同情心。但是，作為敘述者這個
「我」只是一個國校四年級的學生，她好奇而且愛織編淒厲的鬼故
事。令人驚訝的是，她的觀察、感覺竟然常常侵入人物的四周以及
內心，展現了作為一位傑出小說家所該擁有的各種才具。〈癡女阿蓮〉

---

[9]　商晚筠的〈蝴蝶結〉先發表在《中國時報》（1986/07/03），隔年二月再刊於《蕉
風月刊》，頁 37-41。

寫的是一個農家女受盡人家（包括她親弟弟阿定）欺侮的故事。她母親喚她送一壺咖啡給到瀑布區遊玩的三弟阿定及兩位同事阿張、阿炳，她因對長得瘦黑小個子的阿炳越看越喜愛，竟惹來她三弟一頓推拉痛打，令人感到人性竟然有像這種熔岩一般腐蝕人的力量。不過，不管在〈木板屋的印度人〉或是〈癡女阿蓮〉這一篇，作者有意無意間具已在應用象徵的筆調。理髮匠的二女兒密娜想跟士官沙里耶結婚的事告吹後，作者寫道：

> 理髮室照常營業，一串串的茉莉花椰葉條彩帶條都給扔到大垃圾窟裡。我站在垃圾窟沿，替那兩株香蕉樹和檳榔樹叫屈，好端端的快開花結一長串肥大的香蕉和一顆顆橘紅色的檳榔果，就是這樣給斷了生路……。（〈癡女阿蓮〉，頁 34）

天真無邪的「我」與這些被糟蹋了的樹葉花朵彩帶本已構成強烈的對比，更重要的是，它們是象徵，象徵生命遭到無情的摧殘。從這一角度來看，採花「賊」沙里耶即是邪惡的化身。根據這一邏輯，密娜姬跟沙里耶珠胎暗結後被禁在黑暗的木屋中，此一木屋何嘗不象徵禮俗社會成規的黑暗？在〈癡女阿蓮〉裡阿蓮本來就是一朵聖潔無比的白蓮，只因她癡呆，不懂得做、也不願意做有氧舞蹈運動，以致肚皮脹得像懷了五個月的胎兒。可是在一個未開化、封閉的社會體系裡，人家「背地裡都喊她白癡蓮白癡蓮」（頁 133），對她這麼一個中智能的人，並不懂得賦予應有的同情心。她不只是「一個完整無瑕的白蓮」（頁 148），更應是一個原始的、完整的物體的象徵。

　　李錦宗在給我的一封信曾說商晚筠「近年寫的小說，風格跟早期不同。她現在比較重視文字的組織，故有雕塑的痕跡。題材大多

寫當前青年男女的生活，不像以前那麼『寫實』了，可能是要側重技巧的關係」（1988/06/20）。李兄這幾句話只說對了一半事實。我上頭的分析即告訴大家，商晚筠早年的作品即已在有意無意間應用象徵手法，只是近年來應用得更多一些。〈七色花水〉裡那些溢出木澡盆沿的菊花、紅鳳仙、牽牛花、芍藥和秋海棠等等象徵青春年華、蓬勃的生命，漂出盆沿即表示時光的消失、生命的消褪。妹妹不懂事，放手去撈，但是她姐姐卻抓著她底手腕，並且輕嘆：「不！流掉就流掉算了」（頁 91）。她的聲音是那麼冷靜，聽來有點逆來順受的意味在內。其實，這是一種成熟，成熟之中包含了幾許無奈。在一九八六年七月發表的〈蝴蝶結〉裡，商晚筠可真是用心在經營各種象徵。從從的生母賣春的黑街、黑街妓女的名字露絲（Rose，玫瑰）、蝴蝶和毒蛇、黑瓜子、黑狗啤、鏡子、生母與羅哩成做愛的旅社白宮、蝴蝶結以及媽媽溫熱的胸脯等，無不是象徵。從從搭乘回來奔喪的長途車，送的不止是一位奔喪的旅客，而且把「她」送到了閻王殿。這旋程的意象，不管是緩慢抑或是匆匆，都會把人的生命耗費掉。而這精明幹練的年輕記者「從從」，與「匆匆」諧音，她未免「走」得太「匆匆」了一點。[10]

　　商晚筠最近的風格是跟一九七六～七七年不太一樣，她的文字從冗長趨向短促簡潔，佈局變得嚴謹，加上象徵的應用、意識流技

---

[10]　關於上提大部分象徵的分析，讀者可參見曹淑娟的《鏡裡鏡外──談商晚筠的《蝴蝶結》，《文訊月刊》26 期（1986/10），頁 41-45。此文轉載於《蕉風月刊》407 期（1987/09），頁 24-26。

巧的應用（例如〈簡政〉[11]末尾，李安娘在市集人潮中見到先先簡政來探班那一幕），她是在趨向成熟的坦道走。至於說她的「題材大多寫當前青年男女的生活」，也未必全是正確，上提之〈七色花水〉和〈蝴蝶結〉就未必可以歸入「當前青年男女的生活」這一類別之中。說她「不像以前那麼『寫實』」也未必是很公允的估評。我覺得她近年的小說如〈簡政〉、〈七色花水〉和〈蝴蝶結〉等，所觸及的生活層面如計程車司機、擺市小販、女裁縫、女記者和妓女等，都是再徹底的鄉土沒有了。現代小說一定要講究技巧（devices），這是蘇俄形構主義者所強調的，把近的拉遠、把熟悉的給它罩上生疏新奇的煙霧，這就是新奇化（defamiliarization）。

在寫實與寫意的勻稱上，潘雨桐的小說似乎有點傾向前者，可是這樣一來，假使我們把寫實當作照相式的拷貝來研讀他，我們似乎也並未切入他小說世界的核心。潘雨桐文字流暢老練，細節安排綿密，從他獲獎的〈癌〉到我最近讀到的〈一水天涯〉，不管是情節的安排，人物動作的描繪都是無懈可擊。〈癌〉寫中下家庭（膠工、農人）的兄弟之情、人才外流和醫藥問題等，但是絕非這些大問題使得這篇小說傑出，我覺得，作者對佈局的掌握、敘述的流暢，尤其是那種忽虛忽實、忽然過去忽然現在的安排，對這篇小說的成功貢獻更大。在許多地方，文字的敘述事實上是主角唐駿心智的外現，

---

[11] 商的〈簡政〉獲得大馬作協《通報》合辦的短篇小說獎優等獎，收入《圍鄉》（吉隆玻：通報社，1983），頁 58-81。李安娘與簡政在市集中相見那一幕，見頁 78-79。

是一種內在獨白，這樣的技巧運用，諒非早期的寫實小說所能有。《一水天涯》是用台灣婦女林月雲為敘事知覺中心，對華人在大馬淪為二等公民頗有針貶。這篇小說對華人的坎坷際遇，對不公平的教育政策都有反映，在這個角度來看，它當然是非常寫實的作品了。但是在我看來，這篇之所以值得一讀，並非建構在這些主題因素上。透過林月雲的知覺，這些嚴肅嚴重的問題（issues）都有了一些距離；甚至連她先生陳凡———一個園丘助理——被炒魷魚了，作者都儘量用相當低調的文字、對話等來表現，意在言外，個中蘊藏了多少無奈。這樣的技巧應用，豈是「寫實」這個粗糙的文學術語能框範道盡？

　　收在《因風飛過薔薇》裡的四篇小說，〈天涯路〉寫越南難民的悲慘流離命運，其他〈天涼好個秋〉、〈紐約春寒〉和〈煙鎖重樓〉這三篇都是以細膩的筆調，寫留美生活所見所聞的各種人情世態，在這三篇中，我們發覺主角的愛情大都是扭曲的、甚至變態的。陳昌明在評論《因風飛過薔薇》時說現代人聚散無常，「情義無根」（《文訊》36 期（1988），頁 159），實在能恰切道出現代人的困境、惡夢。比較而言，我們感覺到〈一水天涯〉中林月雲對其先生陳凡柔順體貼，的確充滿溫馨。可是，在大馬這樣一個多元種族、多元文化錯綜複雜的互相激盪下，他們的生活卻時時受到波折、打擊。但願永恆的愛能療治人類的創傷。

　　本文後段要討論的都是詩人和散文家。從寫實兼寫意的角度來縱論，我們發覺大馬的青年詩人如王祖安、陳強華和傅承得都比新加坡的王潤華和淡瑩寫實，這也許是環境使然吧。王祖安於一九八

六年自台大外文系畢業，畢業後曾任大馬《中國報》記者，現任《蕉風月刊》執編。他於大三時開始寫詩，一九八四年發表在台大外文系刊《眾神》上的〈登山〉應是他的第一首詩作。在這首詩裡，他把升上大三跟登山並置並比，很有霍斯曼（A. E. Housman）寫的〈我二十一歲那年〉的情趣，但意境比霍氏的詩作清新多了。

王祖安自一九八四年開始寫詩以來，發表的詩作只有寥寥二十幾首，在這幾年當中，最大的事件就是一九八六年以〈夥計〉、〈楓〉和〈會議側記〉三首詩榮獲第四屆旅台大馬現代文學獎詩獎首名。在這三首詩中，除了意象鮮明外，他更展現了機智，隨時安排剪裁場景，作生動的演示。〈夥計〉具體而形象化地展現美國猶太作家瑪拉末（B. Malamud）的心靈世界；〈會議側記〉寫一群在政大參加比較文學會議的學者會後渡下山坡、跨過渡賢橋高談闊論的情景，並「互相問詢彼此家族的一點點滄桑」（《大馬青年》5 期，頁 51）。〈楓〉抒寫一片楓葉從詩集掉落而引發的種種感觸，它從青綠一片被夾入書中起，而當主人

> ……一到信心發生危機的晚上
> 他翻著複翻著像基督徒翻著疲累的聖經
> 虔誠複熱衷地尋索一點亮光，詩人告訴他
> 從感覺出發。　（前揭書，頁 51）

詩人的勸告也許不如聖經那麼有權威有效用，而且翻閱聖經以及一切其他書籍都有疲累的時候，到那時候，「感覺」也許就是最佳指標。

王祖安一九八六年返馬後，其詩作立即沾染上當地的色彩。他返大馬後開始寫的一首詩是〈膠林村裡的閑思賦格〉，這首詩的第二

段有底下數行：

> 我買了支百事可樂坐在店內
>
> 翻閱楊澤的詩集。我親眼目睹
>
> 一個年輕詩人身上的三個傷口：
>
> 「愛」「自由」「祖國」，正反覆地
>
> 吟詠帶血和淚的詩章，而這三個
>
> 不結疤的傷口，我隱隱知道
>
> 自己仿佛擁有，仿佛又曾短暫的失去　（《蕉風月刊》395 期
>
> （1986），頁 37）

這數行詩裡充滿了反諷。黃昏七點，大家都用過了晚餐，正想輕鬆輕鬆，看看報紙，聽聽電視或收音機，在此經緯背景底下，詩人買了一罐百事可樂，希望一切順暢，天下太平；而事實上，世界是否真如所預期那樣風平浪靜？未必。楊澤與羅智成、夏宇等被譽為台灣的後現代詩人，舉出楊澤來，除了我們詩人的喜好與師承以外，立刻令我們想到後現代主義的不穩定性、片斷性、反諷、狂歡和虛構等等解構現代主義的特徵，而我們的詩人，正如其師承楊澤一般，卻關心致力追求「愛」和「自由」以及「祖國」的強盛！非常反諷地，這三個偉大的語詞竟然是掛在詩人身上的傷口，時時發痛；吟詠這三者竟然要赴湯蹈火，「帶血和淚」！最後一行說詩人曾經擁有這三者，然後又自我解構一番，說「曾短暫失去」它們。一九八六年十月發表在《蕉風月刊》的〈大選日的一天〉、同年八月發表在《星洲日報・文藝春秋》上的〈陳群川事件〉、同年九月發表於《通報・文風》版的〈我是一名記者〉和同年十二月發表於《蕉風月刊》399

期上的〈城市流言〉等詩，都是非常寫實的新聞詩；但是，只說它們寫得很寫實並不足以突顯其優點。像〈城市〉這一首，副題「記在福利合作社的一夜」，實寫去年八月吉隆坡怡保路的一間福利合作社發生上百人至該社擠提存款引起衝突事件。第一節說：

> 我們依約來到一個流言紛飛的
>
> 城市　在這個人潮洶湧的空間裡
>
> 沒有任何人能確實掌握得住
>
> 就連上帝也掌握不住　時間
>
> 與夫金錢的流失

這裡不說「我們」這些受害者的憤怒，只輕輕地說，他們掌握不住時間與金錢，不僅他們掌握不住，連上帝也都掌握不住，這就充滿了嘲諷。時間固然不容易掌握，但是，能掌握得住的金錢卻很可能被合作社的某些大員「調借」吞噬掉了。在第二節裡，詩人繼續用既反諷且又戲謔的語調說，大家都非常關心他們金錢的著落，可是，「除了等待最好還是等待」，然後，在「等待中燃起一根孤寂的香煙」，這些既是事實的描述，也多少帶有一些安撫的語氣在內。然後詩人假想，他們以及許許多多讀者，推開第二天的報紙，看到幾十萬幾百萬人的憤慨，而這些卻都被拉遠異化，籠罩在「五里霧中」進行。

　　大體而言，前兩節的寫法還算相當寫實。第三節有點重覆地說：

> 我們依約來到
>
> 一個流言紛飛的城市
>
> 這原本與火山帶絕緣的城市
>
> 突然間我們看到地表割裂

滾滾的熔漿從罅縫中噴濺而出

熊熊的輿論迅速地在報頁上燒開

此節第三行起突然筆鋒一轉，把輿論的熾烈與火山爆發糾結在一起，也就是從寫實進入到虛虛幻幻的魔幻寫實。這是本人在評論新馬留台作家所要特別強調的：結合各種主義技巧，融鑄真幻虛實，把作品推展到完美的境地。所以，這首詩最後三節說到有人晝夜「佔據著基地」，企圖「挽回將來的憧憬」，卻也有「三五條蠕蠕欲動的蛇」，張牙舞爪，隨時伺機吸取人們的精髓，我們都可以擱而不論了。

　　現在要討論陳強華和傅承得。這兩位年輕詩人風格並不類似，陳抒情而浪漫[12]，傅時而凝厲時而激昂，並且帶著較多中文系出來的書卷味。一位較愛用長句，迂迴婉轉；一位短句綿連，舒展自如。他們兩位相互月旦，互相酬唱超越。王祖安在給我的一封信上說：

> 論表現，近年返馬的留台生中，當以傅承得、陳強華兩人為
> 佼佼者。傅承得兩年內便出了兩本書，他的專欄文字頗受歡
> 迎；陳強華的詩由於吸收了台灣新生代詩人如羅智成、楊澤、
> 苦苓、夏宇等人的詩作，頗影響大馬一般年輕寫詩者。
> （1988/04/22）

這是頗見勁道恰切的說法。傅到目前為止已出版了兩本詩集和一本散文集，它們是《哭城傳奇》（台北：大馬新聞社，1984）、《趕在風雨之前》（安邦：十方出版社，1988）和《等一株樹》（安邦：十方出

---

[12] 傅承得的評語，見王祖安記錄的〈讀詩會：陳強華返馬後的作品〉，《蕉風月刊》400 期（1987/02），頁 8。

版社，1987）；陳到目前已出版了《煙雨月》（美羅：棕櫚，1979）和
《化裝舞會》（台北：大馬新聞社，1984）兩本詩集。傅曾獲得第二
屆大馬旅台文學獎詩和小說首獎；陳曾獲得第一屆大馬旅台文學獎
詩首獎。

　　陳強華在高中時開始寫詩，臨到台灣政大教育系就讀前把所寫
的詩出版了一本薄薄的集子《煙雨月》。這本集子裡真正值得玩賞咀
嚼的詩只有三、五首[13]，其他卻顯得稚嫩，活潑開朗，很有歌謠的
味道。他的青春活潑、開朗浪漫，可見底下數行：

> 我們走路，咳嗽，散髮飄揚
>
> 每日都是陽光天，陽光天天好
>
> 我們心中的城，城中的街巷與山水
>
> 偶爾也有幾陣風雨
>
> 只是四季都是陽光與雨水
>
> 雨水與陽光，浪浪漫漫　　（〈熱帶的年青〉，《煙雨月》，頁 32）

詩寫成這麼白，這麼開朗，健康寫實，能讓讀者回味之處不多。有
鑒於此，溫任平在序裡期許陳強華要能把時空與道德意識結合在一
起，使作品厚實，「引起更廣大的共鳴」（《煙雨月》，頁 7）。我引用
這幾行只在說明一點：陳強華的抒情與浪漫可從最早的詩作見到。
可是，當我們用「抒情而浪漫」這樣的標籤來概括陳強華的詩風時，

---

[13] 溫任平在他給這本詩集寫的序說，四十首中，他比較欣賞〈一張賀年卡〉、
〈白煙花〉、〈烏煙後的景〉、〈落紅〉、〈河想〉和〈青青山色〉這六首。見〈道
德意識與時空意識〉，《煙雨月》，頁 4。

我覺得我應該立刻自我解構，因為這種說法盲點太多了（有許多詩人早年寫的詩的情懷都是抒情而且浪漫的），我們這樣說並不能準確地突顯陳強華整個作品的風貌。

　　陳強華於一九八四年夏天回到馬來西亞。《化裝舞會》中五十八首詩是陳強華大學四年的心血結晶，他把它們分成六輯，內中有清爽婉約的，沉鬱豪邁的，也有慷慨淋漓的，所以我們應該說，陳強華的詩風是相當複雜的。比起《煙雨月》中的詩篇，這五十八首是成熟多了。一般而言，我們發覺這些詩很受到台灣所謂後現代主義詩人羅智成、楊澤和苦苓等的影響。他的正文，譬如〈化裝舞會〉、〈森林碉堡〉和〈感覺一二〉，都跟上提這些詩人的正文相互指涉，可是似乎他又在逐漸形成他自己的風格，令我們感到有一種指認影響的焦慮。他的後現代主義技巧返回大馬後還有更極端的發展，這就是刊於《蕉風月刊》一九八七年二月號附錄上的〈類似詩的質料〉。這首詩的第一段上頭，從右向左排列著「層層寂靜的塵埃，還有老掉的蜘蛛」這兩行字，而這兩行字下邊用直排排了不少大小詩人的名字以代表詩集，很顯然地，這兩行字是書櫥上頭的現狀描述。名字下面那行字「螞蟻悠閒地爬過，成群的螞蟻」排成梯狀形，要描繪的是螞蟻在書櫥上結隊迂迴成行。當然，這是一首很有趣的具象詩，詩人寫這首詩企圖以文字直逼（approximate）現實。《類似詩的質料》第二段是這樣寫的：

　　　今日事，今日畢
　　　①礦泉水
　　　②玫瑰

③郵票（不是鳥的，有花草的）

④重抄詩，寄給傅承得（欠太久的情！）

Ⓐ聽我清亮的呼吸……

這段詩已不止是具象詩了，它應是哈山所提倡的副詩（para-poetry）或後設詩（meta-poetry）了。像上面這樣的詩算不算寫實？在一個經過現代甚至後現代主義洗禮的人來說，我想是應該算的；不僅僅寫實，而且兼具寫意之功。

　　陳強華返回大馬後，詩作在內容上有很大的轉變。在《化裝舞會》時代，他即寫了好多首自剖式的詩（例如〈禱詞〉和〈西瑪戀歌〉）。在這一類詩裡，他常常慷慨陳詞，把熱血沸騰的心赤裸裸地掏出來給讀者看。返回大馬後，他在〈每句不滿都是愛〉和〈寫給將來的孩子〉這些剖白式的詩中，不僅抒發個人的情懷，而且牽涉到黨爭、經濟和種族等問題。陳強華常常都是以這種剖白式、抒情式的方式來探討孤寂、愛情、智慧以及上提的這些問題。例如在〈頌歌〉（《星洲日報・星城》，1985/12/22）裡有這樣一段：

　　我們歌頌著愛情啊，

　　莫猜臆德行淪落後，

　　誰將保住純淨的想法？

　　我們痛恨別人施壓的重量

　　在隱形的天平上顯得不平衡

這首詩明顯地是一首頌讚愛情的詩，但是，在一個普受歧視的國度，詩人也在文字上發出了不平之鳴。在〈離騷七章〉（《中國報・星期刊》，1985/06/23）第二章裡，陳寫道：

沿著露濕的路徑，

日常迷你巴士，在紅綠間

反反覆覆地停止與前進

我穿過紛擾的茨廠街流域，

密集的軀肉，疏遠的心啊。

吆喝起落，空洞如蟬鳴

找不到佩蘭帶玉之士，

不死的詩心絞成一團痛。

在這裡，陳強華的落寞和哀痛是明顯的。他欲尋覓汨羅江畔感時憂國的詩人，要從他那兒獲得一些忠告，但是在人潮熙攘的唐人街，他有溝通的痛苦；他所見到的都是一些空洞的人。他們發出的聲調空洞如唧唧的蟬鳴。他誓死都要寫詩，把他的「感受」寫出來。在一次專門為討論他而舉辦的座談會上，他說：「我寫詩只證明我還活在這世上，只是一個很渺小的人而已」；其實，他的「絞痛」早已引起同行詩人的注意，他不會是孤寂無援的。[14]

　　比起陳強華來，傅承得是一個更關心社會、政治和文化傳承的詩人。我所謂的「更關心」是，他常常把他的所見所聞在詩裡表達了出來。在〈傳生承得〉裡，方昂說他「充滿沛然軒昂之氣」，又說他擁有「一顆奔騰年輕的心，一支圓熟老到的筆」[15]，這些，讀者

---

[14] 上引兩個句子見於〈讀詩會：陳強華返馬後的作品〉，頁 11。《星洲日報・星城》（1986/11/30）刊出了由林添拱執筆的專訪〈陳強華，愛詩一輩子〉，了四分之三版的版面，可見他從台灣返大馬後所受到的重視。

[15] 方昂的〈傳生承得〉發表在《蕉風月刊》408 期（1987/10）上，後附在《趕

只要讀一讀他的兩本詩集即可感覺到。他的凝厲、圓熟、倡狂，他利用急促短句的特色，在處女詩集《哭城傳奇》裡即已展現無遺。他信手拈來，意象常常璨然有致。〈願〉的首節是這樣寫的：

> 如果夢是妳的名字
>
> 我願長睡不醒
>
> 枕旁懸一束飛瀑
>
> 擊出浪花無數　　（《哭城傳奇》，頁 66）

前兩行完全是說明性文字，但是筆鋒一轉，他後兩行所塑造的意象卻鮮明無比。不過，一般說來，他這本詩集裡說明性的文字似乎還是太多了一些。

　　傅承得在一九八八年三月出版了第二本詩集《趕在風雨之前》，他給這集子寫明是「政治抒情詩集」。其實，即使他不這樣署明，我們仍可以感覺到，他這本集子的時空意識非常強，他所指的「風雨」乃指一九八七年大馬險些爆發的種族衝突以及為了平緩緊張衝突而採取的大逮捕行動。這本詩集的第一輯即是他所說的政治詩，而這些政治詩具以抒情的筆調寫給一個叫做「月如」的（很明顯地，他的 implied reader 是一般讀者）。在這些詩裡，詩人把他的恐怕、憂慮、悲憤和不滿等，俱藉抒情的、相當具象性的文字表達出來。他覺得「動輒得咎」（〈驚魂〉，《趕在風雨之前》，頁 38），又說

> 到如今，一有風吹草動
>
> 便傳來遍野哀鳴的驚悸

在風雨之前》；所引句子見《蕉風月刊》頁 6，或《趕》頁 137。

　　　廉潔、公正，還有和平

　　　一些殷殷焚香禱告的心願啊

　　　一地逐漸冷卻的灰爐　　（前揭書，頁 37）

一般市井斗民都引頸企望政府廉潔、公正，都希望國家和平興盛，
但是在第一輯十首詩中，卻幾乎每首都染織著這裡所說的驚悸、失
望和無助。雖然百感交集，悲憤無比，但是詩人在〈因為我們如此
深愛〉還是說：

　　　月如，這是我們的河山

　　　我們關心，我們痛惜

　　　因為我們如此深愛　　（前揭書，頁 45-46）

因為深愛他們賴以生存的河山，因而發出悲憤、痛惜、甚至責備的
話語，那毋寧是非常健康的，而且是任何人都可以理解的；但是，
作為一個評論者，我倒是覺得像這樣淺顯、氣干河山的詩，畢竟有
其偏限性，熱烈的情緒畢竟有冷凝的一天。居於這樣的認知，我反
而喜歡集子第二輯中幾首同樣寫實但含蓄一些的詩。

　　承得在〈歲暮風景〉的最後一節寫道：

　　　自從那一場風暴後

　　　這塊土地沙啞了聲帶

　　　只有一葉蟲蛀的枯黃

　　　飄落時輕輕的嘆息　　（前揭書，頁 74-75）

這裡的「風暴」自然指的是一九八七年杪的大逮捕事件。把土地瘖
啞了異議等同人沙啞了聲帶，又把落葉（詩中的「枯黃」）暗射腐朽
的種種，最後更把落葉飄落時的唆嗦聲比喻為人之嘆息，含蓄而又

不失諷喻，是為可喜可賀。如果說第一輯十首比較直接的謳歌、抨擊為正文的風貌之一，那麼，這第二輯中比較含蓄典雅的描述，我認為更能展現正文的風采。同樣地，他的〈八七年末北回有感〉也是一首含蓄而內容深刻的詩。該詩最後兩節如下：

> 而遠處，傳來沈悶的槍聲
> 一響、兩響、三數響
> 棲鳥驚起，鮮血滴落
> 靜謐回返的時候
> 惶恐的月色，略帶蒼白
> 先前的安適已失去
>
> 快車夜行
> 瞬息間，就馳入
> 黑暗的中心　（前揭書，頁 76-77）

前三行所勾勒出來的意境，似真似幻，隱隱約約令人聯想到世界各地正在戰鬥的場面；槍聲雖然不似驟雨，卻也擊落三數「棲鳥」。不說「鮮血染羽」，卻說「鮮血滴落」，意象鮮明得令人毛骨悚然。這符具（意象群）與符徵間是有些距離的，但並不妨礙我們把它們貫串起來。「靜謐」指林中之情景，也指一九八七年年杪大逮捕事件後的狀況，這一雙關語相當晦澀，卻晦澀得極巧妙。「惶恐的月色」既寫景也寫情，說月色「略帶蒼白」也是情景交揉的處理。「先前的安適」是指林中的，也暗指人們處境的；說「先前的安適已失去」是相當傷感的，可是詩人的語調卻是那麼平緩而又斬釘截鐵。最後一段三

行是寫實的，也是寫意的；其言外之意，顯得相當悲觀。

在我們討論新加坡的王潤華和淡瑩之前，我得先對「寫意」這術語釐清一下。一提起「寫意」，大家立刻會想到南派文人畫和以司空圖、嚴羽為主的這些妙語派詩人的主張。南派畫家跟北派畫家最大的不同在於不尋求形構之巧似，而在講求畫意之蘊藉展現，令人看起來似乎有無限的韻味存在。司空圖主張作詩要做到「不著一字，盡得風流」(《二十四品》中之〈含蓄〉)，要寫到有「象外象、景外景、味外味」的境界，這也即是嚴羽所主張的寫詩要做到「羚羊掛角，無跡可求」(《滄浪詩話》中之〈詩辨〉)的意思。這種說法最能表達文人畫以及神韻派詩人的理念；著墨抒寫不必要求形似、要求繁多，要緊的是畫中詩中有意境，能激發讀者去做無窮的追尋。現在的問題是，詩畫中所特別強調的「意」到底何所指？依據我的瞭解，這個「意」是非常廣泛而且非常模棱兩可。我在此把此「意」當作廣義解，不僅僅指概念、意念和思想的傳達而已，而更應當作旨趣、興味和象徵等等，所謂「寫意」亦即要把這些主旨、意念和情趣等表達出來。

王潤華和淡瑩寫詩約有二十六、七年的歷史，在大學時代，朋輩詩人大都覺得，淡瑩的詩似乎比王潤華寫得好，現在可不容易這麼判定了[16]。他們的詩情感比較含蓄，不作熱烈的謳歌，也避免作太直接的抨擊現實社會，他們是寫意兼寫實的，而且是傾向於前者。

---

[16] 這一點連淡瑩本人都承認，詳見淡瑩《太極詩譜》(新加坡：教育出版社，1979)，頁 2。

　　王潤華自從處女詩集《患病的太陽》（台北：藍星）於一九六六年出版以來，一共出版了五本詩集：第二本是《高潮》（台北：星座詩社，1970），第三本是《內外集》（台北：國家，1978），第四本是《橡膠樹》（新加坡：五月詩社，1980），第五本是《山水詩》（吉隆坡：蕉風，1988）。二十多年來，王潤華的詩風一直都在穩健中發展，前期比較浮泛而熾烈（指感情的把握），近期正如王振科和邵德懷所說的是比較「樸實而柔和」（〈傳統和現代的融匯──王潤華詩歌漫評〉《文學半年刊》20 期，頁 10, 12）。王潤華的詩早期的比較感性、語言有時也比較誇張，例如，〈黃昏〉的第一節是這樣寫的：

> 太陽關門後，我就
>
> 爬上幻想的樹梢
>
> 沉默把我雕成孤獨的銅像
>
> 哀傷的語言便找不到我　　（《患病的太陽》，頁 35）

「太陽關門」表示黃昏已來臨，雖然比直接說黃昏已蒞臨好些，但意象本身還是顯得有點機械化。第二個第三個意象就極為鮮明。把幻想比喻為向上不斷伸延的樹樹，然後繼續發展跟樹有關的意象，說「沉默」像個藝術家，精心把我雕鏤成一具默默無言的銅像，這都是極為高明的處理手法，把「我」在黃昏後的情緒感受具象化。唯一的破綻是最後一句「哀傷的語言便找不到我」，這一句可以解釋為「我不與哀傷」為伴，那麼我應該是愉快的。可是這麼一來，這種情緒又跟前頭三行以及第二節詩所經營的氣氛情趣──寂寞和憂鬱──配合不上。詮釋到此，我們只能說，這一行是這首詩埋伏的一個盲點，可用以解構、顛覆詩中所苦心經營的旨趣。

　　在我這個詮釋者看來，上引〈黃昏〉這首詩是既寫實又寫意的。它寫的是詩人個人的情緒變化與期待，詩人有所感有所發，這些都經由具象性的語言表達出來。這不是一首說明性的詩，而是一首表現性的詩，意欲、情懷俱貫串詩行之中。前面提到王潤華對情感的把握早期比較浮泛而熾烈，這可以引〈去年，太陽患上黃疸病〉的一節來加以說明。該詩第二節說：

> 我就恨啦，那天太陽患上黃疸病
>
> 據說，那天你眼底的霧比倫敦更濃
>
> 殷殷珍重的手推進真空手術房
>
> 注一支寂寞，縫幾針破碎　（《患病的太陽》，頁 24）

這四行的意象相當誇張（這首詩其他片段的意象也一樣誇張）。說太陽患上黃疸病是說那天太陽昏黃不明亮，有點像患了黃疸病，病懨懨的（當然這種說法都是詩人情緒的外在化）。其他三行所經營的意象比這一行更誇張，因此顯得更有戲劇效果。我們可以這麼說，比較高蹈而富戲劇性的寫法是王潤華早期創作的一項特色。

　　王潤華在出版第二本詩集《高潮》以後，詩風丕變，題材逐漸傾向於描寫山水花鳥風物。在第二本以及第三本詩集《內外集》當中，我們看到不少詩篇具體而生動地把神話原型作了戲劇性的演出。在第二本詩集出版後，我曾寫了一篇論文〈從神話的觀點看現代詩〉（收入《文學創作與神思》，台北：國家，1976 年，頁 275-302）發表，內中曾對《高潮》中的三首神話詩〈第幾回？〉、〈補遺〉和〈磚〉作探討，並對他運用神話素材以激起讀者的悟覺、博取他們的同情

的作法作某種臆測[17]。今天從寫實兼寫意的角度來看，我覺得王潤華融鑄神話素材與現實生活的能力相當強。在〈第幾回？〉和〈補遺〉這兩首詩裡，詩人把賈寶玉在試場失蹤這個原型巧妙地加到當今留學生在國外的衝刺遭遇上，使原本流動不居、形象較模糊的現實生活找到一個較永恆的架構，這就是詩人的過人之處。在〈磚〉這首詩裡，詩人劈頭就說：

> 放下磚塊和鶴嘴鋤
>
> 她蹲在半陷於水中的荒墓洗手
>
> 血和泥濘遂弄髒了西湖的十景

我在十幾年前寫的那篇文章裡曾說：「在這首詩裡，他把人性的自私、貪婪、無知和破壞刻劃成一個不男不女的人，偷挖了雷峰塔的磚以後，趁周圍沒有人就蹲在一個角落洗她骯髒的手。……這個偷磚人可以是你，是我，甚至任何一個偷賣國家磚石的人。」（見《文學創作與神思》，頁 297）王潤華用非常生動的語言，一劈頭就把這個行跡可疑的人擺在我們面前。她為了挖掘磚塊，刮破了手指，弄髒了手臂，真可謂用心不當。鮮血本來可以為有意義的事業進盡，四肢甚至軀體都可以在拼鬥中沾汙；但是，我們詩中的這個「她」卻都不是，她是一個鬼鬼祟祟的人，所以她的「血和泥濘弄髒了西湖的

---

[17] 在我寫〈從神話的觀點看現代詩〉之前，翱翱曾用神話原型的觀點來評論《高潮》這本詩集，標題是〈評王潤華波浪型詩集《高潮》〉，文章附錄於《高潮》，頁 58-78。在翱翱和我之後，杜南發曾用季節環循、追尋和替罪等原型觀來評論王潤華的第三本詩集《內外集》，文章標為〈再生的追索〉，發表在《大地文學》第 2 集（1982），頁 246-256。

十景」。

　　王潤華的〈磚〉，就像〈第幾回？〉和〈補遺〉等篇，寫得非常富有戲劇性，也寫得極為真實，如果僅從寫實與否的角度來看，我們毋寧說這首詩傾向於寫意，因為詩中的意象如血、磚塊、荒墓、泥濘、黑暗、蝙蝠、燐火、軍隊，甚至西湖十景和「她」背上的小孩似都另有所指，有所象徵，詮釋者必須從「意」在言外的深層結構去揣摩捕捉詩人的用意。總之，雷峰塔的崩塌跟軍隊的掠奪、「她」鬼鬼祟祟的行跡都有密切的關係。

　　談到王潤華的寫實，讀者一定得看收在《高潮》中標題為〈禮拜日〉這首詩。此詩寫馬來西亞霹靂州江沙皇城於一九六七年元月四日被洪水所淹對詩人所造成的激盪。詩標明「禮拜日」，任何人一看就知道這首詩跟社會倫理宗教的價值有關。江沙此次為洪水所困對詩人固然是一個刺激和誘因，促使他思考文明像洪水一樣滾滾而來，對人類社會造成一定的衝擊。更重要的是，潤華在此同年，曾迻譯了英國當代詩人拉金（Philip Larkin, 1922-1985）的一首題為〈去教堂〉的詩，發表在《星座詩刊》12 期。這首詩寫的正好是現代人的精神空虛狀況，一般人禮拜天到教堂去，只為了把它當作一個臨時的避難所，以賺取一時的安寧，並不表示他們有甚麼虔誠的信仰。這首詩的整個用意對王潤華的衝擊應該跟洪水一樣重要，因為它使得詩人能在比較寬闊的透視來檢視人類的各種狀況。

　　在〈禮拜日〉的〈後記〉裡，王潤華說他寫這首詩的目的並不僅僅在記錄一次歷史事件。事實上，他是把這次洪水事件放大，把它擺在當前整個社會文化的大架構中來觀察：

> 這次的洪水是從價值、信仰崩裂的堤岸急沖下來的；是自性
> 欲前道德觀衝破的閘門而來的；是自「上帝死後，一切將被
> 允許」的豪雨及物質沉下後所溢漲起的浪頭⋯⋯。（《高潮》，
> 頁 46）

王潤華這個說明清清楚楚地把他跟拉金的意圖（intention）牽繫在一起。拉金詩中的「我」是一個懷疑論者兼實用主義者，他覺得教堂與宗教在現代社會中的功能愈來愈有限，懷疑有朝一日，

> 當教堂完全失去用途，
>
> 我們將把它們變作甚麼，難道我們會依年代，
>
> 保留幾間當作展覽品，
>
> 教堂裡的聖經、捐款盤和聖餅盒鎖在箱裡，
>
> 而讓其他的免費租給風雨和羊群。
>
> 我們會否把它們當作邪惡的地方而加以規避？[18]

他覺得教堂的形貌「每個禮拜後更難辨認」，其設立的目標「每個禮拜後更形晦澀」；它早已變成人們結婚、誕生和死亡時舉行儀式的場所，是一個「室內窒悶的空洞的穀倉」。

比較而言，王潤華的〈禮拜日〉並不僅僅在探討宗教問題，它還探索了社會道德的淪喪，工商業文明對當代人們的衝擊。這首詩的第一段第一、二節說：

> 禮拜日，河邊街高級住宅區

---

[18] 見《星座詩刊》12 期（1967），頁 55-56。這段詩的某些句子曾經本人對照原文加以改動，以便念起來更上口。

只浮現一些電影票根、流行歌簿

明星畫片、消遣小說，渡頭教堂的

尖頂在激流中顫抖

在我們的商業中心

乳黃色的浪蛇立起來，撲上

淪陷在財物、衣服、化妝品、枕褥

亂堆裡以聖經遮掩著焦慮的頭額　　（《高潮》，頁 41）

這兩節是以居高臨下的角度正面抒寫洪水沖過河邊高級住宅區以及市中心所造成的狀況。洪水沖過處，捲起的無非是一些表徵軟性消費的標籤如電影票根、流行歌簿、明星畫片和消遣小說等等；而在此緊要關頭，上帝早已遠離人們而去，有心人士卻很反諷地以「聖經遮掩著焦慮的頭額」，而不是很虔誠地祈禱或吟唱聖詩以等祂來迎接他們步入天國。市民在山頭度過艱辛難挨的六天後，他們

　　骯髒且變態地等待卡車載返市場

在另一個禮拜日

賬簿、月經帶、看板、破唱片

棲息在電線和樹枝上

死嬰與春藥遺棄在醫院的門檻

四處飄流的木床擱淺在十字路口　　（《高潮》，頁 43）

很明顯地，王潤華所描述的市民不似諾亞和其妻女，在洪水撤退後得到神的祝福，愉愉快快地從亞拉拉特山（Ararat）下來，很虔誠地

執行他跟神訂立的契約，成為人類的始祖；王潤華的「市民」粗鄙
而變態，像一鐵籠一鐵籠家畜，等待人家運送到市場去拍賣宰殺。
他從這一場洪水看出都市社會的骯髒腐敗，並具體而生動地把它們
揭露開來。

　　王潤華的第三本詩集《內外集》有別於前兩本。除了集子中第
三輯七首詩為錄自《高潮》之外，第一輯《象外集》和第二輯《門外
集》俱為新作。在詩人創作過程中，《象外集》中對中國象形文字作
非常優美的、具象的詮釋，可為他個人的一大突破；而《門外集》中
許多詩篇頗有山水畫、文人畫淡淡的幽遠的玄想，正預示了他往後
可能走的道路。對於《象外集》篇章巧妙地融匯傳統與現代以及包
蘊了神話原型的母題，學者已多有精采的闡釋[19]，我在這裡不擬再
續貂。我倒是覺得《門外集》中有關山水動植物的描寫，正預示了
詩人在第四、五本詩集所要走的道路。

　　《門外集》收有〈裕廊外傳〉六首短詩，其第一首題名〈山雀〉，
這首詩只有短短七行：

　　　早晨十點
　　　椰樹潮濕的影子
　　　　　還懶散的躺在宿草叢中
　　　野雀們便將陽光啄吃完了

---

[19] 詳見王振科和邵德懷〈傳統和現代的融匯——王潤華詩歌漫評〉，《文學半年
刊》20 期（1987），頁 10-15；潘亞暾〈奇詩共欣賞——讀王潤華的象外詩〉，《文
學半年刊》21 期（1988），頁 15-19；註 17 所列杜南發〈再生的追索〉和張漢良
〈論台灣的具體詩〉，《創世紀》37 期（1974），頁 12-28。

　　吱喳吱喳的

　　又搶著啄吃遊客們

　　　偶而吐在樹蔭下的一點點謠言　（《內外集》，頁 29-30）

如果日常生活的記錄也可包括在寫實的範圍，那麼這首小詩應該再寫實都沒有了；可是，當我們把這首有關小山雀的小詩看完，又發覺詩人似乎要告訴我們甚麼。第一行平鋪直敘告訴我們詩人觀察山雀的時間是早晨十點，時光並不太早，但是椰樹和草叢等都還有一點點濕濕的。說「椰樹潮濕的影子」既可指其幹體還濕濕的，也可指其影子投射在有點潮濕的草叢中，這是一種感覺邏輯，使第二、三行很巧妙而生動地扣在一起。然後說山雀在宿草叢中呱噪啄吃，一瞬間好像便把散落的陽光隊吃完。實際上，這生動的啄吃意象實指時光慢慢消逝了（被啄吃完了）。第二段繼續冷靜地攝照山雀的活動。在這一段裡，詩人含蓄而不露地告訴讀者，他所抒寫的山雀是裕廊地區（Jurong District）的山雀，而非其他地區的飛禽。在這裡，我們常可看到觀光客的蹤影，也可以看到山雀吱吱喳喳地、很繁忙地在遊客身旁穿梭而過。王潤華的抒寫一直都是冷凝而生動，這裡再寫山雀在「啄吃」，這次吃的是觀光客偶而脫口散落在空中的一點點蜚長流短。當然，「啄吃」的過程中同時把時光吞噬掉。從上面簡短的討論，我們可以發覺，王潤華的自然風物描寫並非為描寫而描寫，他一直都在把敏銳的觀察所得投射包含在意象群中，這些意象既是喻依（vehicle）同時也是喻旨（tenor）。

　　《裕廊外傳》的末首〈火鳥〉跟〈山雀〉一樣，它既寫實又寫

意，詩只有短短幾行：

> 站在沼澤邊緣
>
> 等候最後一班開向終點的列車
>
> 我像疲倦的蘆葦
>
> 　實在不能負荷太多金絲雀的預言
>
> 水中的火鳥，只用一隻腳
>
> 仍然埋頭吃完我溺斃水中的影子
>
> 又啄吃沉澱在水底爛泥中
>
> 　第一顆明亮的黃昏星　　（《內外集》，頁 39-40）

前四行寫「我」這個觀察者（觀光客？）的感受。最後一班列車、疲
倦的蘆葦和不能負荷的預言都蘊含有不祥的言外之意，是「我」的
身心狀況無意識之中的外在化。把我比喻為幹莖彎垂（因此表示「疲
倦」了）的蘆葦，因此不能再負擔任何重軛，確實是一個好比喻好
意象。第四行中「金絲雀的預言」是第一節中所埋藏的一個「盲點」，
用以顛覆、解構前三行累積建立起來的語意結構。金絲雀學名 Serinus
Canaria，一名時辰雀，常在清晨或午後，迎風鳴叫，聲音清脆如鈴
鐺，其預言應為賞心樂事，但「我」已經疲乏、「我」已經老邁了，
故再也承受不起任何這種「誘惑」和負擔。

　　既然提到金絲雀的預言是蓬勃的、充滿誘惑的，因此有自我解
構第一節詩所搭架的語意系統，那麼在詮釋第二節詩，我們就更得
注意這首詩中這隻「火鳥」與「我」的辯證關係。從表層結構來看，
「我」發現這隻水中火鳥，自個兒獨腳站在水中，似乎理都不理人

的樣子，埋頭啄吃水中的食物。可是往深一層看，這隻「火鳥」跟「我」的關係可是十分緊張，我們詮釋者絕不能被詩人表面上的「冷靜」蒙蔽了。很明顯地，這隻「火鳥」在詩人看到它的那瞬間，它已從自然界的生物變成一個象徵——跟上提的山雀一樣，能把光陰吞食的死亡的化身。我這樣詮釋絕非「讀過了頭」（over-reading），因為在這一節詩裡，「溺斃水中」、「沉澱」和「爛泥」等，就像第一節詩中的「最後一班列車」和「疲倦的蘆葦」等一樣，都蘊含有「最終」和「腐朽」等不好的意義；它們都在強化這個強大的意象。所以這節詩說這隻火鳥在「吃完我溺斃水中的影子」後，又「啄吃沉澱在水底爛泥中」的「第一顆黃昏星」，這兩行詩是既寫實況又暗指時間的消逝。「火鳥」的存在隨時都會威脅到「我」的生存。解釋至此為止，詩人以及其他讀者大概都會同意我的看法，可是，我還要指出來，正如我在討論這首詩的第一節時已指出來一樣，這節詩也蘊藏了自我解構的元素（element）：火鳥和水。火鳥來自沼澤，我也「站在沼澤邊緣」；火鳥象徵死亡，威脅到「我」的生存，但火鳥和「我」都跟孕育生命的基本元素「水」有關聯，它們的辯證關係難道即莊子所說的「方生方死，方死方生」（〈齊物論〉）嗎？

　　王潤華的第四本《橡膠樹》著重在抒寫熱帶的植物水果和風土人情等，第五本《山水詩》則為詩人旅遊泰國、日本、韓國和美國的心靈札記。從表面上看，王潤華每出一本詩集，必有一些新主題在探索之中，也必有一番新氣象在展現，大體而言，這種評估是正確的。事實上，我覺得最後這兩本詩集的開疆拓土，多少已可在第三本詩集《內外集》看到一些端倪。在詩人創作過程中，《內外集》可

能是一個頗為重要的轉捩點。《內外集》內隱外顯，其中對山水、花草、植物的抒寫，大都有點幽渺、飄逸、淡遠的情趣，可見受到司空圖（他的博文的主題）非常深遠的影響，這一點跟他在《山水詩》的篇章所表現者頗有差異。今先舉〈狂題——仿唐朝司空圖〉的第三闋加以說明：

> 瀑布
> 幽篁
> 野屋
> 和我
> 一道賞雨
>
> 獨有我
> 還等待他
> 買一壺春回來　　（《內外集》，頁 73）

前節前三行是意象（快照）的並置和演出，把這些跟中國古代隱士活動有關的意象並列，其意義即在營構一個幽渺而寧靜的世界，第四行把我擺到背景裡，即要我從旁觀者的角色（觀看畫或觀賞自然景致）切入到這樣一個世界裡，與自然自適自在。第二節告訴我們，自然萬象千載悠悠如一日，能欣賞自然山水，尤其是能欣賞司空圖的情趣（包括詩和詩論等）的，恐怕不多，所以才說「獨有我」這個獨具慧眼、對他情有所鍾的人，「還」在等待他回來。「買一壺春回來」說得絕妙，「春」指綠意、希望和再生等等，用水壺去斟一壺春、買一壺春回來，多少蘊含有一種對再生的期待。

　　王潤華在《山水詩》的序文裡說，我們在描寫大自然的山水之美時，「應該不停留在只描狀山水之形貌，還應進一步揭示山水大自然的內含之理，以及人與自然關係中的種種妙理」（〈自序：我一步步的走向自然山水〉，頁5）。然後他又說要學王維，演禪說玄，「讓理性完全消融在景物中」（頁5）。證諸他在《內外集》和《山水詩》中的表現，我們可以說他多少是做到了。上舉〈狂題〉第三闋第一節中，瀑布、幽篁和野屋既是喻依也是喻旨，詩人並未強行把知性意識投射其中，他們跟我並呼吸共消長，逍逍遙遙，「一道賞雨」。

　　王潤華的《山水詩》收有〈愛荷華看樹記〉組詩四首，其第二首〈樹對季節的影響〉第一節說：

　　　我喜歡每天每月

　　　從我五月花公寓的視窗

　　　細心遙望

　　　愛河對岸的山坡上

　　　一棵樹的日常生活

　　　譬如傾斜著腰枝迎風走路的姿勢

　　　或俯首將詩一行一行，歪歪斜斜的

　　　　寫在白茫茫雪地上的神態　　（《山水詩》，頁109）

此節的前五行，其敘述冷靜仔細有如寫博物學報告，確能配合整首詩題旨的「看」的用意，可是，這節詩如果到此即煞住，我想讀者恐怕也沒耐心再看其他各節了。這幾行是寫實的、「實寫」的，它們的功能是給後三行的「虛寫」變奏做準備對稱用的。在這後三行裡，詩人採用的是一個虛擬語氣，對岸這棵樹或會這樣或會那樣，變化

繁多。由於用了個「譬如」，所以讀者可以設想這棵樹彎腰和俯首是實況，也可以是詩人的想像使然。這種語氣的虛擬，無疑是給讀者提供了更大的活動空間。

上面所提這種由實到虛的手法固然精采，而且王潤華也常常用到，下面我想提到王的另一種手法：即虛實相間。讀者請看〈金閣寺詩抄〉第一首〈樹林中的金閣寺〉底下這一節：

> 我正在辨認左邊的字跡
>
> 就聽見樹木奔跑和喘息的聲音
>
> 密密麻麻的樹木，爭先恐後
>
> 從衣笠山沖下盆地
>
> 披頭散髮，衣衫襤褸
>
> 攔住我們去金閣寺的道路。　　（《山水詩》，頁 53）

我覺得這一節詩是這首詩的精華所在，第一節說明詩人到了京都西北部鹿苑寺，第三節給這（第二節所記的）栩栩如生的經驗（過去經驗結合在現在經驗之中[20]）做詮釋，我覺得都不如這第二節的虛實相間迷人而且富有意義。第一行是實寫，第二行起則已融鑄了虛和實，但因是詩人想像力瞬息間的轉化結果，讀者根本不會感覺到

---

[20] 艾略特在〈傳統與個人才具〉裡說，「對個人是重要的印象和經驗，在詩裡可能一無是處，而那些在詩裡顯得重要的印象和經驗，在個人（在其個性中）可能微不足道。「他的看法是，詩人要表現的不是其過分喧囂的個性，而是一個特殊的媒介，印象和經驗經由此一媒介結合成特別而意想不到的方式表現了出來。」引文見 Contemporary Literary Criticism：Modernism Through Post-Structuralism, ed. Robert Con Davis（New York：Longman, 1986），頁 30。

已由實況轉入虛幻，故此很容易進入其創造世界。王潤華在此所表現的虛實相間，以及經由這種轉化所獲得的新奇感和戲劇性效果，確實是進入他詩歌藝術的殿堂的樞紐。

最後，任何想有效地詮釋王潤華的《橡膠樹》和《山水詩》的人都得面對一個問題，那就是這兩本詩集裡的大部份詩篇都另有其散文的對照本[21]。也就是說，無論你從那一個角度或立足點來看，你都得考慮到一個題材（或題旨？或正文？）的不同處理或兩個正文之間的消長。譬如，我們在抄錄了上舉的〈樹林中的金閣寺〉第二節之後，就得把其散文對照抄錄於下：

> 往裡走沒幾步，我仿佛聽見衣笠山各種各樣的樹木，奔跑和喘息的聲音，爭先恐後的沖下盆地來。這些密密麻麻的樹木，松柏、櫻、楓，看起來披頭散髮，衣衫襤褸，很不歡迎我們兩人的樣子，好像要攔住我們的去路。[22]

這段散文，節奏徐急有致，意象也極為鮮明有致，跟先寫的那節詩比較，並沒太大的差異，應是絕好的抒情散文或散文詩。問題是，這段散文是後繼品，如果它不能超越前文，作者為甚麼還要把其感

---

[21] 王潤華在《南洋鄉土集‧自序》中說，他常把自己比喻為一棵樹，他的散文是花，詩是果實，可是他卻超越了一棵樹先開花後結果的舊習慣。他說：「我的樹往往先結果然後才開花。……因為我總覺得，一枚果實只表現了樹木的感性與味覺，它的風韻與顏色，還需要它的花朵來展示。（引文見《南洋鄉土集》（台北：時報，1981），頁2）。

[22] 引文篇名叫〈藏在叢林深處的金閣寺〉，收入《秋葉行》（台北：當代，1988）；引文見頁36。

受在經過一段時間後用另一種文體表達出來？難道作者（或詩人）所真正要表現的正文是這兩種成品的折衷或還是在游離之中[23]？當然，我這種申論已踰越了本文的範圍，只得留待他日了。

　　我在前頭說，《山水詩》的篇章跟《內外集》中的山水景物描寫頗有差異。最明顯的一個差別是，句構由簡趨繁，文字多由短句改變為長句。第二個不同也跟句構有關，但那毋寧是技巧性的，即在《內外集》裡，詩人擬經由文字的排列，讓意象自動演出詩人的喻旨來；反之，在《山水詩》這本集子裡，王潤華似乎又回到《內外集》之前的習慣，描寫趨向細密，而且由於多用虛字動詞，意象之間的聯鎖驀然間又扣緊起來。造成這種不同最明顯的一個原因是，司空圖和嚴羽等妙悟派詩人對王潤華的影響已逐漸變弱。當然，詩人也許還有其他創作上的考慮或策略促使他改變，這可不是本文所要探究的。

　　到一九八八年為止，淡瑩只出版了三本詩集：《千萬遍陽關》（台北：星座，1966）、《單人道》（台北：星座，1968）和《太極詩譜》（新加坡：教育出版社，1979），散文幾乎已見不到，跟王潤華的詩文比，這種份量當然不算多，可是在品質來講，她的詩集可是一本比一本來得精采。她早期的詩如《單人道》所輯錄的那二十五首，

---

[23]　一九八八年初我在給王潤華的散文集《秋葉行》寫書評時曾引了〈藏在叢林深處的金閣寺〉這段文字，說他「巧妙地把其思緒感受外在化，把自然界寫得聲色俱佳。」後又討論到他採取兩種文體來「表現他心中認為最穩定的正文」所可能衍生的問題。詳見〈王潤華的花樹──我讀《秋葉行》〉，《文訊》36 期（1988），頁 148-150。

內容無非是畢業、教書、與情人約會、留學美國等所帶來的各種情緒反應，在這些詩篇中，我們可以發覺，她的感受是纖細透剔而且深刻的。比較而言，從她近年來發表的詩作看，淡瑩的題材範圍和視野都擴大了；她的句子趨於簡扼，而且更能準確地切入事物的核心。整個來講，她現在的感受比以前的更深而沉。

從寫實兼寫意的角度來看，淡瑩的詩篇中幾乎找不到像王潤華的〈禮拜日〉那樣揭露現實社會的醜態和罪惡，當然更看不到像傳承得那樣時而赤裸裸地時而比較含蓄地批判大馬的現實政治。而且由於她用的文體媒介是詩，我們也無法看到她像商晚筠那樣細緻深入地描繪女性的心理變化。這些比較旨在指出她的側重點跟他們不一樣，並無損於她作為新馬的一個現代詩人的地位。她的寫作、技巧都比較傾向於寫意的。

底下先引幾節詩來談談淡瑩早期創作的風貌和傾向。首先我想到的是〈終點〉一組四首詩，這幾首詩寫她自台大外文系畢業時的百感交集。這其中所表現的一些意象、片斷都跟她給《單人道》所寫的代序〈絕路〉都有些相似之處，當然這又牽涉到正文的認定和正文的互涉性等等閱讀上的問題，而這些可不是本人目前想要探索的問題。這組詩第二首前兩節是這樣的：

> 與你共撐一把豔紅的晴天
>
> 時間空間如中外的雨珠
>
> 落在我們的鞋尖生根
>
> 我揚一揚腳，將它們壓縮成真空

　　　脫下禮教濕淋淋的寬袍

　　　在真空地帶，身份證已賣給拾荒老人

　　　除了才華，除了詩，我們一無所有

　　　檢查官翻了又翻，終於劃上勝利的白符號

　　　　　　　　　　　（《單人道》，頁 24）

這第一節第一行提到的「你」是她現在的先生王潤華，這裡不說撐一把陽傘而卻說「撐」一個豔紅的晴天，話中有話，且充滿壓縮感。「撐一把豔紅的……」可為撐一把豔麗的陽傘，這是他們常常撐用的，而且由於陽傘晴天的鮮豔和明亮，我們可以知覺到他們的愉快情懷；可是，「晴天」卻也是愛情的象徵和「情天」的諧音，有「情」之天當然是豔麗的、無限的。此外，這一行中的「晴天」，是用來跟第二行的「雨天」產生對比，因此無論如何不能說「撐一把豔紅的」陽傘。第二行說時間和空間落下如傘外的雨珠，意象大膽，可是卻也相當得體，時間在雨聲消逝了，空間也永遠扳動不回，感覺中它們就像雨珠一般掉落了下來。第三行說雨珠降落黏在鞋尖生根，除了意象鮮明突出之外，這「長根」也表示時間的消逝，空間的據地形成，而且更給第三行的空靈感補實。第四行時空壓縮成真空這個物理現象，除了發展第二、三行的超現實感覺以外，它也給第二節所要發展的意象群預伏一筆。

　　第二節第一行中的「寬袍」指的應是學士袍；濕淋淋的學士袍當然是說它被雨淋著了。至於把學士袍跟禮教聯想在一起，確實有點偶然、晦澀，而這可要看我們如何給「禮教」這個詞作解釋。我的看法是，「禮教」是一套規規矩矩的教條、理論等等，但不一定非是

有害的不可。第二行的「真空地帶」也很晦澀，也可以帶給人許多
不同的聯想。我覺得這個意象指擺脫了許多約束後的真我，在這種
至真至純的狀態下，我並不需要學生證等身外之物來證明我的身份
和能力，因此，第三行才說，「除了才華，除了詩，我們一無所有」，
而這「一無所有」實為一迴響，回指前一行的「真空地帶」，也給第
一節最後一行中的「真空」做增援。第四行的「檢查官」可以是學校
的檢查人員，「翻了又翻」，終得認可我們的「才華」。

　　從上面這種分析之中，我們發覺，淡瑩思想綿密有致，意象的
發展，步步為營，設想得極為仔細嚴謹。同時，我們也得承認，類似
上邊這種寫法，它們是既象徵且又魔幻的，它們所要表達的是種種
言外之「意」，寫實不寫實並非其關注所在。

　　羅門說「淡瑩非常例外於女性的怯弱與溫順，而勇於對愛與一
切表露著頗強烈的接受與抗拒」（見〈走在《單人道》上的淡瑩〉《單
人道》，頁12），這一點我們大體上可以接受。她在〈今夕〉的前兩
節說：

　　　　從你的雙目搭一座橋樑到我的雙目

　　　　六十英里的惆悵和相思

　　　　今夕，你便是牛郎，我是織女

　　　　握掌的溫暖，在橋的中站

　　　　哭盡惆悵，哭盡相思

　　　　日月星辰皆屏息

　　　　有生之物皆靜默

> 為我倆堅貞的愛
>
> 建一扇通天堂向地獄的門吧　　（《單人道》，頁 55）

惆悵和相思竟能轉化為一座橋樑，連接你我的眼睛，這個以及其他意象都晶瑩可愛。至於說到為了愛，竟請求日月星辰和其他生物，為他們建造一扇通向地獄的門，這種表示就顯得相當強烈。像這樣的抒寫，我們當然不能純粹從寫實的角度來論評。跟另一首寫類似的主題的詩〈孤獨夢〉來對比，我們就會發覺，這首詩的意象雕鏤，似乎不及那一首的精緻玲瓏。〈孤獨夢〉的首節說，「他離去的腳步像吸水紙／吸乾我灑在長亭的懷念」（《單人道》，頁 62），這個曲喻（conceit）頗見功力，很有十七世紀英國玄學詩人的味道。在這裡說他離去的腳步「像」一張吸水紙，吸盡我灑在「長亭」（注意這是一個陳腔濫調）的淚水，從這個曲喻發展，她在末節竟把作為明喻符具的「像」字去掉，說：

> 他匆匆的腳步吸盡歡聚後
>
> 我是暫時枯萎的向日葵
>
> 串孤獨夢，在長亭外　　（《單人道》，頁 63）

這一節詩的前兩個意象新穎可喜，最後那一行卻包括了兩個陳腐的符具，其功用頗像一個派樂第（parody），可用以解構前兩行的意象所獲致的新鮮感。

　　我們在前面討論的幾首詩都跟愛情有關，但它們都寫於二十年前，我們再引一首淡瑩大約寫於十三、四年前的〈傘內‧傘外〉來分析一下。我在前面說，淡瑩的感觸是既纖細而且深刻，這一點，我們在欣賞她近期的詩時，我們就會發覺，她一直保有這種特質，而

且是愈寫愈精緻。〈傘內‧傘外〉第一節說，雨季來臨，她的花傘一旋就「把熱帶的雨季／乍然旋開了。」茲引第二節如下：

> 我不知該往何處
>
> 會你，傘內，還是傘外
>
> 然後共撐一小塊晴天
>
> 讓淅瀝的雨聲
>
> 輕輕且富韻律地
>
> 敲打著古老的回憶　　（《太極詩譜》，頁 89）

李元洛曾給這首詩及另一首〈楚霸王〉寫過一篇評論文章叫〈亦豪亦秀的詩筆〉[24]，他是從婉約秀美的角度來分析，寫得相當仔細而且深入。台灣的讀者看到這首詩除了會想到餘光中的〈六把雨傘〉之外，更會想到余光中另一首在六〇年代初非常轟動的〈等你，在雨中〉。淡瑩這首詩清新委婉，像余光中的〈等你，在雨中〉，也有些口語化，也很有新古典主義的節制。淡瑩的傘外代表醜陋污穢的現實世界，傘內為一溫馨有情的天地；她有切入到現實裡去的欲望，但是在更多的情況下，她都僅僅留在傘內，把傘外當作她創作世界的一個背景和襯托。這一節詩第三行撐傘的意象跟我們前頭討論到的〈終點〉第二首第一節第一行極類似，第四行也跟前提這節詩第二、三行有些相似，後面這兩行就完全不同了。當然，這整節詩所要表現的跟前提那一節的用意也不盡相同。

　　這是一首徹徹底底的情詩，從開傘、折傘、聽雨到最後「折起

---

[24] 發表在《文學半年刊》20 期（1987），頁 18-22。

外的雨季」止，有進展，有濃蜜的情意貫串其間，看起來有一點點寫實的味道，但主要還是寫意的。

前面所討論的幾首詩都跟愛情有關，現再引一首有關家居情趣的詩〈更漏子〉如下：

儘管燭光已成蠟淚

　　紅爐也成冷灰

我們何妨再沏一壺龍井

擁被斟酌杯中的詩句

你那些吱吱喳喳，啄吃

陽光與遊客們謠言的

野雀，跟棲息在

我髮叢中的雀

是不是疏於往來的

遠房表親　（《太極詩譜》，頁 58-59）

這是一首充滿機智的派樂第。「更漏子」是一詞牌，因詞牌涉及古人夜間視漏刻以傳更，詩人便從這時間著手，一劈頭便將李商隱〈無題〉詩中「蠟炬成灰淚始乾」一句改寫，告訴我們古人的生命和愛情俱已燃燒為詩句、為歷史，然後一轉折便說現代的我們何妨沏茶吟詩，飲酒作樂，語氣輕暱。第二節前兩行半取自王潤華的〈山雀〉，第三行後半及第四行取自詩人自己的〈攬雀尾〉（《太極詩譜》，頁 8），把實際的野雀與髮際的飾物（雀）並舉，說他們疏於往來，語腔戲謔而親密，最重要的是語氣之中充滿機智。這首詩從標題、李商隱

的詩句到自己夫婦的詩，俱為戲謔的對象，詼諧而不流於輕佻，而且充滿機智和情趣，可說是一首非常好的派樂第。〈更漏子〉是淡瑩的〈懷古十五首〉的一首。所謂懷古詩的傳統，詩人多是以古喻今，即所謂以古事作為詩人寓意的客觀投影（objective correlative）。淡瑩的懷古詩，其中之古人古事都可能是她起興的一個起點，其重心所在還是在詮釋、演繹詞牌。上舉的〈更漏子〉就是最好的例子。茲再引〈懷古十五首〉中的〈浪淘沙〉來加以說明：

> 要作古代的風流人物
>
> 還是現代的大喬小喬
>
> 我從不為這問題而惝惶
>
>
> 令人心折的騷客
>
> 都如璀燦的泡沫
>
> 從漩渦中
>
> 一一消逝了
>
> 留下兩岸細細寒沙
>
> 陪著失眠的雞鶴
>
> 傾聽駭浪大聲地咳嗽　　（《太極詩譜》，頁 59-60）

這首詩的來源應是蘇軾的〈赤壁賦〉和羅貫中的《三國演義》有關孫策和周瑜納大喬小喬的部份，但這些在創作的過程中只能算是起點，是為詩人抒發情懷、詮釋〈浪淘沙〉此一詞牌提供一些基本素材。在第一節裡，我們發覺詩人的語氣是口語化的、不在乎的，用以表示詩人並不為能否進入歷史或成為名人傷腦筋，第二節她即對

其理由作非常生動的說明。最後三行中的「駭浪」「大聲地咳嗽」和「寒沙」即詞牌的表面文字說明。整首詩的意思是，長江赤壁的巨浪翻騰，不斷衝擊著岸沙，面對著這種沖擊，世界上再偉大的英雄，再姣好的面貌，都會消逝無蹤。詩人在這首詩中用了抒情、寫景和移情入景等手法，為的就是要把她對這「意思」的感受呈現出來。

　　淡瑩在一九七五年中起，用了兩年時間，給太極拳的招式從擊拳問佛到左右攬雀尾合太極，一共寫了四十首詩。不管是虛寫還是實寫，能把這些招式寫成詩畢竟是很新鮮的事。我覺得讀者要欣賞這些詩恐怕要比欣賞王潤華的熱帶植物水果誌還不容易。在寫熱帶植物和水果時，王潤華一貫採取第一人稱，主客易位，把它們的形狀、色澤和風韻等等和盤托出，有點北派畫尋求形構之巧似的味道；在寫太極拳的招式時，淡瑩全身投入，並時時考慮到招式一來一往之間與現實的關係。一位是在介紹實物，一位是在運拳之中感受人生。實物容易感受，因為你若不太瞭解詩句之所記，畢竟你可以去買來嚐一嚐、採來對比對比，而要揣摩招式以體悟人生可就複雜多了。例如王潤華在寫果中之王的「榴槤」的形狀時說：「我的父親是熱帶雨林的酋長／他高達四十公尺／生下我後，看我結實魁梧／就給我披上堅硬多刺的盔甲」（《橡膠樹》，頁23），他這種寫法，即把榴槤的身份、高度和果實的外貌以「我」告訴讀者，使我們很容易進入情況。在寫榴槤的風味時說：「不管我藏在香蕉叢裡／或躲在旅店的密室中／我的子民／都能從空氣中探測到我的行蹤／因為我的威望和恩澤／如陽光一般，普照著大千世界」（《橡膠樹》，頁24）。由於榴槤香味極濃烈，有點無遠弗屆的味道，因此把它比喻為陽光，

以顯示其王者之風,可謂恰切。

　　反之,我們若要完全瞭解淡瑩的《太極詩譜》四十首,可就不太容易。例如,她的第三十首〈金雞獨立〉是這樣寫的:

　　　　我的最終目的

　　　　只是為了尋找

　　　　禾堆裡

　　　　零零落落

　　　　被遺忘的稻粒

　　　　並無意

　　　　蓄勁在胸

　　　　把你端踏成

　　　　大千世界中

　　　　一芥微塵　　(《太極詩譜》,頁 27-28)

金雞獨立有左右二勢。如以右勢而言,練者在蹲下後,右手是從向下直轉為朝上,並與右腿虛疊在一起,他在向前攢起後,姿態成為一「片」字形。這一向前攢起的架勢,其威力在於練者能用右足尖踢向敵人腹部,同時用右手撥開敵人之左手。詩人在這一蹲腿伸手之間,想到的不是防身制敵,而是撿拾餵食生命的根源──稻粒,這種仁心善念,確是拳師所不忘耳提面命者。這首詩的後半段才把金雞獨立的蓄意略為觸及,然而卻是在很巧妙的否定之中提出來,當然,這後半段所展示的仍舊是善念。朋友都說淡瑩這些太極詩蘊

含很深的禪理[25]，難道這就是了嗎？

　　淡瑩這三、四年來寫得不多，也許是在籌劃著某種突破，還是她在《太極詩譜》的自序中所說的「慵懶」在作祟？最近拜讀她發表在《文學半年刊》21 期上邊的〈鎖〉，我特別喜歡第一、二節。這首詩既寫實而且寫意。人們給自己安了許許多多鎖，這些道冷冷冰冰的鎖，「都企圖緊緊鎖住／屋外覬覦之心／也鎖死了屋內／主人，對世界的希望」（《文學半年刊》21 期（1988），頁 117）最後這一行的逗點用得絕佳，鎖不僅僅鎖死了主人，也同時鎖斃了他「對世界的希望」。她發表在《聯合文學》10 期（1985）上那首〈跋涉〉也寫得極為深刻透剔。這首詩寫她對人生跋涉的感受。從第一節寫自己感到微微寒意起，到末尾的「只有一股冰寒／從嶙峋的雙肩／湧升上來　緩緩／湧升上來」，她對跋涉人生旅途中的孤寂感受是強烈的，甚至近乎無可奈何。在這首詩裡，我們發覺她微微染上了李清照的色彩。

　　最後在結束這篇論文前，我只想略為談一談留台返新馬作家在散文創作上的一些成就。首先，我們得先考慮，專欄文字裡的雜文算不算散文？如果算數的話，那麼就得花一點篇幅來討論永樂多斯在《商報》、傳承得在《星檳日報‧劍華集》專欄上所發表的文章，這些文章在發表當時都有一定的影響力。由於我覺得它們都蠻嫩，

---

[25] 淡瑩在《太極詩譜》的自序中說，她在這些太極詩中「赤裸裸地反映了我的人生觀」，並說她不否認「這些詩如一些朋友所說含有著很玄的禪理。」引見《太極詩譜》，頁 3。

另一方面，篇幅也不允許我深論，所以目前只得暫時拋在一邊。在留台作家中，散文寫得最好的該數留港的方娥真和在星的王潤華。大馬的潘雨桐也寫了幾篇散文在大馬報章及台灣的《聯合文學》上發表。他的散文，文字跟他的小說一樣，流暢老練，敘述也非常清晰，他若繼續寫下去，也許有一天也會成為一個著名的散文家。我就特別喜歡他發表在《聯合文學》22 期上面那篇，題目叫做〈這南方熱烘烘的春天〉，裡面敘事兼描寫，把他座落山坡側面對準風口的那棟房子寫得極是生動。方娥真最近把她發表在《中國時報》上的抒情短文，輯為《剛出爐的月亮》一書，交由當代月刊社出版，由於她定居香港，故可以暫時不談。

　　王潤華的散文，跟潘雨桐的、方娥真的，以至台灣的余光中和楊牧的都不一樣；他可說獨樹一幟、文字風格清麗、樸實，敘事清晰，描寫細膩，但絕沒有雕鑿的痕跡，讀起來，只令人對其記憶清楚、細節描述生動感到佩服不已。我們在前頭曾引錄了〈藏在叢林深處的金閣寺〉的一段文字，在這段文字裡，作者把大自然擬人化，他所有看到的樹木都像人，能奔跑、喘氣；它們「爭先恐後」、「披頭散髮」、「衣衫裙褸」，好像要攔住他們這兩位遠道而來的客人。王振科和邵德懷在評論王潤華的花鳥風物詩時說他詩歌的一個鮮明標誌是「客體的主觀化」（〈傳統和現代的融匯〉，頁 12, 14），我年初在未拜讀王、邵的大作時就批評上提那段散文說：「作者巧妙地把其思緒感受外在化，把自然界寫得聲色俱佳。散文能寫到這種境界，已至高絕的地步」（見〈王潤華的花樹〉，頁 148）。我在評王潤華的散文集《秋葉行》同時說，「他在靜悄悄地、毫不誇張地把散文此一開放

的形式做某種拓展」（見前揭文，頁 149），他的努力和貢獻應該受到我們予以肯定。

　　在探討文學作品的寫實兼寫意時，我們得隨時注意到文體所可能加予作者的一些要求和限制。詩歌比較適於用來抒情，散文可以抒情也可敘事，但由於幅度的限制，因此最適合拿來描繪人生社會百態的可非小說此一文體莫屬了。王潤華的散文多為描山摹水以及寫動植物之作，用「寫實兼寫意」這樣的態度和觀點來評論並不太恰當，因此在寫完本文後，我應採用其他策略來詮釋他和方娥真等人的散文。

[1989]

大馬詩壇當今兩塊瑰寶

　　一九九七年六月六日國際詩人節，吉隆坡《南洋商報‧南洋文藝》版主編張永修在給吳岸做特輯時說：「論他所處的地理位置、所堅持的藝術手法及所起的影響力，或可說吳岸一度佔據了馬華詩國的半壁江山」[1]，對於這樣一位出版過六、七本詩集以及三本論文集的詩重鎮，我將會在他處為文好好評騭一番，比較年輕的詩人像五字輩的沙禽和游川、六字輩的陳大為、辛吟松和林幸謙等我會在其他機緣另文處理，在這裡，我想突顯的是兩位同樣出生於北馬、同樣曾赴台灣留學、然後先在新聞界工作後再從事教育工作的傅承得（1959-）和陳強華（1960-2014），除了這種背景行誼上的類似點之外，他們還有另一個類似點：他們都非常重視詩歌的節奏感與詩行的流暢，除此之外，他們的詩風可說是迥然不同。陳強華抒情而浪

---

[1] 張永修語，見《南洋商報‧南洋文藝》（1997/06/06），頁 C5。

漫[2]，傳承得時而凝厲時而激昂，詩中較帶中文系出身的書卷味。一位擅用長句，迂迴而婉轉；一位以短句勝，愈來愈急促。他們兩位自八〇年代中期返回大馬之後，不是相互月旦即是酬唱超越，到了九〇年代以來，似乎不再黏貼；陳在北馬獨自耕耘並在日新中學帶領學生創作，曾創辦《魔鬼俱樂部》及編輯《金石詩刊》，而傳先曾主編檳城《星檳日報‧文藝公園》，自一九八八年起與游川和小曼等籌辦「聲音的演出」等朗誦兼表演會，巡迴東西馬，這三位的詩藝／風漸有相互影響的痕跡。王祖安在給我的一封信上說：「論表現，近年返馬的留台生中，當以傳承得，陳強華兩人為佼佼者。傳承得兩年內便出了兩本書，他的專欄文字頗受歡迎；陳強華的詩由於吸收了台灣新生代詩人如羅智成、楊澤、苦苓、夏宇等人的詩作，頗影響大馬一般年輕寫詩者。」（1988/04/22 信）這是頗見勁道恰切的說法，也促成我在這裡只想突出他們這兩位的原因了。

傳到目前（1997 年）為止已出版了《哭城傳奇》（1984），《趕在風雨之前》（1988）和《有夢如刀》（1995）三本詩集，《等一株樹》（1987）和《我有一個夢》（1989）兩本散文集，《琉璃賦》（1992）和《追星》（1994）兩本散文合集以及《馬華七家詩選》（1994）；陳到目前為止雖只出版了《煙雨月》（1979）和《化裝舞會》（1984）兩本詩集，可他的詩作四處在星馬港台等地刊出，《那年我回到馬來西亞》一冊有待出版，另有散文集《請把愛情當一回事》（1992）行世。

---

[2] 傳承得的評語，見王祖安記錄的〈讀詩會：陳強華返馬後的作品〉《蕉風月刊》400 期（1987/02），頁 8。

傅曾獲得第二屆大馬旅台文學獎現代詩和小說首獎及其他獎一共十二次，陳曾連續獲得政大現代詩獎以及大馬旅台文學獎第一屆現代詩首獎、第二屆第三名。他們兩位返馬後都曾當過各種文學獎的評審，對推動大馬華文文學的創作可謂不遺餘力。

　　陳強華在寫中時開始寫詩，臨到台灣政大教育系攻讀前把所寫的詩出版了一冊薄薄的集子《雨月》；這本集子雖顯得稚嫩，可其人其詩之活潑開朗，抒情而浪漫，此集已略展端倪。例如〈熱帶的年〉中底下數行：

> 我們走路，咳嗽，散發飄揚
>
> 每日都是陽光天，陽光天天好
>
> 我們心中的城，城中的街巷與山水
>
> 偶爾也有幾陣風雨
>
> 只是四季都是陽光與雨水
>
> 雨水與陽光，浪浪漫漫[3]

像這樣開朗寫實，雖可展現詩人的青春活潑、開朗與浪漫，並叫人嗅到吳岸早期以及憂草的風味，可能讓讀者回味之處並不太多。有鑑於此，溫任平在序文裡就期許陳強華要把時空與道德意識結合在一起，使作品厚實，以引起更廣大的共鳴。[4] 就引用這幾行詩，僅在說明一點，陳強華的抒情與浪漫可溯至最早的詩作。在《化裝舞會》中，我們看到詩人已在擴大探討的主題，從一個熱帶的城市到了一

---

[3]　收入《煙雨月》（美羅：棕櫚，1979），頁 32。

[4]　《煙雨月》，頁 7。

個溫帶而且人口更多更現代的都市，他的感應亦跟著擴大，這時他已開始探討工業文明所加諸人的問題，自然與科學的衝突和人回歸自然的願望等，他亦開始思考詩創作的問題，開拓敘事詩的創作（如〈打虎〉、〈射日〉等）。留台唸大學數年，對陳強華最大的衝擊應是：他正好碰上了台灣開始在推展後現代思潮；可是他的抒情節奏甚至浪漫都還在那裡。到了寫作〈那年我回到馬來西亞〉（一九八六年），詩人正式把觸角伸入社會關懷，可其歌謠式的抒情風味仍那麼濃烈。

　　《化裝舞會》所收五十八首詩都是陳強華大學四年的心血結晶，六輯之中，內中有清爽婉約者、沉鬱豪邁者，亦有慷慨淋漓者，顯然，陳強華這時試圖多元化其詩風。比起《雨月》中的篇章，這幾十首詩是成熟多了。一般而言，我們發覺這些詩很受到台灣後現代詩人如羅智成、楊澤和苦苓等的影響。其文本如〈化裝舞會〉、〈森林碉堡〉和〈感覺一二〉等，都跟上述這些詩人的文本相互指涉，在形成其自己的風格中有一種影響的焦慮。他的後現代技巧返回大馬之後都有相當極端的發展，例如刊於《蕉風月刊》400 期（1987/02）附錄上的〈類似詩的資料〉和《魔鬼俱樂部》創刊號（1994）上的〈現在〉和〈打架魚〉俱是，這些詩篇不僅有具象詩以文字排列直逼實境的情趣，亦有後現代排列符具的遊戲味道。可是我們也得指出，陳華在創作像上提這樣的後現代詩時，他戲謔之中仍有嚴肅的意圖。例如〈現在〉開頭一節是：

　　　　我正準確寫首詩

　　　　把稿紙攤開

　　　　把生活宏圖攤開

聽到自己的心跳和呼吸

求生的激情使人振奮

世上傳來的聲音

是從遠遠的地方來

是我不知道的地方

是我永遠嚮往的地方[5]

這顯然是創作過程／心智活動的大公開，本身即已是後設的，然後
第二節自覺要把物品（澳洲大蘋果）的色香味等納入詩中以使其永
恆，然後緊跟著在第三節卻又說「我正準確寫首詩／捨棄繁複的後
設技巧」，這顯然就是一種即立即破的解構行為，到了第四節，詩人
又說：

每天非理性告訴自己

正準備確寫一首詩

青春、革命

死亡、愛情

性

投籃也好

刊登也好……[6]

詩能否寫成並非可從理性確定下來的，然後第三至第五行提到的顯
然是詩人所念茲在茲所欲表現的一些主題，最後又把投稿過程寫了

---

[5]　《魔鬼俱樂部》創刊號，頁23。

[6]　《魔鬼俱樂部》創刊號，頁23。

出來，所有這些過程的洩露當然就是後設作為。總之，戲謔之中仍包蘊著嚴肅性。

　　一九八四年夏天陳強華返回大馬，這之後所創作的篇章，內容有很大的轉變。在《化裝舞會》時代，他即寫了好多首自剖詩，例如〈禱詞〉和〈西瑪戀歌〉等。在這一類詩中，詩人有時候安置了一個受言者（addressee），以便把其慷慨激昂的陳詞、熱血沸騰的心赤裸裸地掏出來給她（即讀者）看。返回大馬後，他在〈和 Blue 的電影記憶〉、〈每句不滿都是愛〉和〈那年我回到馬來西亞〉（俱作於一九八六）等這些所謂「藍色時期」的自剖詩中，他不僅抒發了個人的情懷、理想等，而且把當時發生的黨爭、經濟、社會和族群等問題都巧妙地織入詩中，這些詩的主題有孤寂、憂鬱、智慧以及憤怒不滿等；但據我看來，陳強華最關鍵的幾個不斷閃現的題旨應是在正義、真理和愛情等，而這些在《化裝舞會》中的〈禱詞〉和〈風雨〉中即已有所探討。返回大馬後，我們看到他的〈頌歌〉有以下這樣的章節。

> 天際迴響微弱的嘆息
> 我們痛恨世界的經濟不景氣
> 一如疾憤相同血水與憂傷的紛爭
> 情人流淚、衰老
> ……
>
> 我們歌頌著愛情啊，
> 莫猜臆德行淪落後，

> 誰將保住純淨的想法？
>
> 我們痛恨別人施壓的重量
>
> 在隱形的天平上顯然不平衡[7]

這是一首剖白式謳歌愛情的詩，可內中卻包蘊著不少弔詭與歧義，對種族問題與黨爭等都所斥責，正義、公平在哪裡？在〈離騷七章〉裡，藉端午節裹粽子的民俗而把憂患一股腦兒傾泄而出，其第二章第二節是：

> 沿著露濕的路徑，
>
> 日常迷你巴士，在紅綠間
>
> 反反覆覆地停止與前進
>
> 我穿過紛擾的茨廠街流域，
>
> 密集的軀肉，疏遠的心啊。
>
> 吆喝起落，空洞如蟬鳴
>
> 找不到佩蘭帶玉之士，
>
> 不死的詩心絞成一團痛。[8]

詩人的寂寞和哀痛是明顯的。他欲尋索徜徉在汨羅江畔感時愛國的詩魂，要從他那兒獲取一些忠告，但是流落在熙攘的唐人街，他有溝通的痛苦。他所見到的人都是空洞的；那些軀體發出來的聲調都空洞如唧唧的蟬鳴。到了〈一九九〇年初寄給 Blue〉這首詩，詩人不僅剖白，而且剖白到了自我貶抑、嘲弄的地步，手法已近乎後現

---

[7] 《星洲日報・星城》1985/12/22。

[8] 《中國報・星期刊》1985/06/23。

代的解構，尤其底下這個第四節：

> Blue，我在這裡
>
> 也和人群一樣大聲講話，
>
> 在咖啡店批評議論，
>
> 在菜市場指指點點，
>
> 像綠頭蒼蠅，
>
> 發出嗡嗡——嗡嗡。
>
> 偶爾寫詩，寫讀者投書
>
> 都貼在副刊的屁眼
>
> 這樣的抒情，
>
> 大概還不是最壞吧！[9]

對於寫詩，陳強華是非常清楚是甚麼一回事，而且是非常清醒的？他誓死都要寫詩，把他的「感覺」抒發出來。在《蕉風月刊》為他舉辦的一次〈讀詩會〉上，他說：「我寫詩只證明我還活在這世上，只是一個很渺小的人而已！」[10]。其實，他的剖白式抒情與浪漫與「絞痛」早已引起同行詩人與文壇的重視，他絕不會是孤寂無援的[11]。由於相互酬唱，北馬的方昂詩風與陳有些類似。

　　比起陳強華，傅承得是一位更關心社會政治和文化傳承的詩

---

[9]　《南洋商報・南洋文藝》1990/04/26。

[10]　見王祖安記錄的〈讀詩會：陳強華返馬後的作品〉，頁 11。

[11]　林添拱曾在《星洲日報・星城》（1986/11/30）刊出了一版的專訪叫〈陳強華，愛詩一輩子〉，可見他返馬後是受到重視的；另一方面，陳大為編《馬華當代詩選 1990-1994》收入他〈太太回娘家〉和〈翻閱舊作〉等七首詩。

人？他不僅在學校裡傳道授業，而且更藉學校等場所籌辦文藝營和
詩歌的演出活動。他詩人（文化人）的角色走得轟轟烈烈。我這裡
所謂的「更關心」是，傅某常常把他所見所聞在詩裡表達了出來。
在〈傅生承得〉一文裡，方昂說他「充滿沛然軒昂之氣」，又說他擁
有「一顆奔騰年輕的心，一支圓熟老到的筆」[12]，這些，讀者只要
讀一讀他的三本詩集即可感覺到。他的凝厲、圓熟、猖狂，他利用
急促短句的特色，在處女詩集《哭城傳奇》中即已展露無遺。他信
手拈來，意象常璨然有致，此詩首節是這樣寫的：

> 如果夢是妳的名字
>
> 我願長睡不醒
>
> 枕旁懸一束飛瀑
>
> 擊出浪花無數[13]

前兩行完全是說明性文字，但是筆鋒一轉，他後兩行所塑造的意象
卻鮮明無比。比起陳強華較長的造句法，傅的急促短句其實在其處
女詩集已多有展現；另一方面，傅喜用說明性文字入詩在此亦已顯
露端倪。

傅承得給他的第二本詩集《趕在風雨之前》（1988）標籤為「政
治抒情詩集」，在馬華詩歌發展史上，這樣一種文類的出現顯然具有
各種指標意義。就詩人傅承得而言，即使他不這樣署明，我們仍可

---

[12] 方昂的〈傅生承得〉發表在《蕉風月刊》408期（1987/10），後附在傅的《趕
在風雨之前》裡；所引句子見《蕉風月刊》，頁6；或《趕》，頁137。

[13] 《哭城傳奇》（台北：大馬新聞雜誌社，1984），頁66。

以感覺到他對國家發展的關注、對時空意識的敏感、對族群相處的憂慮；他這本集子所指的「風雨」乃指一九八七年大馬險些爆發另一次種族衝突事件以及為了平緩這種緊張衝突巫統政府所採取的「茅草行動」——一共逮捕了一百餘位異議份子的一次行動。這本詩集的首輯〈趕在風雨之前〉與二輯〈一場雨，在我心中下著〉的政治意味較強，第三第四輯的篇章幾乎不像。就氣勢以及意圖的完整呈現而言，第一輯可謂最佳。在這一輯裡，詩人設置了一個「受言者」（他的「隱身讀者」當為一般讀者）月如來分享他的恐懼、憂慮、悲憤和不滿等情愫。這裡的十首詩，文字、語調都極為舒暢，有時還常常押了尾韻。在〈驚魂〉裡，詩人覺得華人「動輒得咎」，又說：

> 到如今，一有風吹草動
>
> 便傳來遍野哀鳴的驚悸
>
> 廉潔、公正，還有和平
>
> 一些殷殷焚香禱告的心願啊
>
> 一些逐漸冷卻的灰燼[14]

一般市井小民引頸企望政府廉潔、公平，國家和平興旺；但是，在第一輯十首詩中，幾乎每一首都染織著這裡所列舉的驚悸、失望和無助。雖然百感交集，悲憤無比，可詩人還是說：

> 月如，這是我們的河山
>
> 我們關心，我們痛惜

---

[14] 《趕在風雨之前》（安邦：十方，1988），頁 38, 37。

　　　　因為我們如此深愛[15]

因為深愛他們賴以生存的河山，因而發出責備求全的悲憤、痛惜和不滿，那毋寧是非常健康的，而且是任何人都可以理解的。但是，作為一個評論家，我倒是覺得，像這樣淺顯、氣干河山的詩，畢竟有其局限性，熱烈的情緒畢竟有其冷卻的一日。居於這樣的認知，我反而喜歡集子裡第二輯中幾首同樣諷喻但含蓄一些的詩。〈歲暮風景〉只有三節，其第三節曰：

　　　　自從那一場風暴後

　　　　這塊土地沙啞了聲帶

　　　　只有一葉蟲蛀的枯黃

　　　　飄落時輕輕的嘆息[16]

這裡的「風暴」自然指的是一九八七年十月廿七日所採取的大逮捕行動。把土地瘖啞了聲音等同對異議人士的禁聲，又把落葉暗射腐朽的種種，最後更把落葉飄落時的唏噓比喻人之嘆息，都顯得含蓄而不失諷喻。

　　同樣地，第二輯最末一首〈八七年末北回有感〉也是一首含蓄而內容深刻的詩。其最後兩節如下：

　　　　而遠處，傳來沈悶的槍聲

　　　　一響、兩響、三數響

　　　　棲鳥驚起，鮮血滴落

---

[15] 《趕在風雨之前》，頁 45-46。

[16] 《趕在風雨之前》，頁 74-75。

> 靜謐回返的時候
>
> 惶恐的月色，略帶蒼白
>
> 先前的安適已失去
>
>
> 快車夜行
>
> 瞬息間，就馳入
>
> 黑暗的中心[17]

前三行所勾勒出來的意境，似真似幻，隱隱約約令人聯想到世界各地此起彼落的戰鬥場面，槍聲雖然不似驟雨，卻也擊落了三數「棲鳥」。不說「鮮血染明」，卻說「鮮血滴落」，意象鮮明得令人毛骨悚然。這些意象群與符旨間是有些距離的，但並不妨礙我們把它們聯貫起來。「靜謐」指林間之情景，亦暗隱一九八七年杪大逮捕事件後的噤聲狀況，這一雙關語雖顯晦澀，卻也晦澀得極為巧妙。「惶恐的月色」既寫景也寫情，說月色「略帶蒼白」也是情景交融的處理。「先前的安適」是指林中的，也暗指人們的生活處境？說「先前的安適已失去」頗為傷感，可是詩人的語調卻是那麼平緩且又斬釘截鐵。最後一節三行是既寫實亦兼寫意，其言外之意，顯得相當悲觀。如果我們把同輯另一首跟此大逮捕事件有關的前導式預兆式的處理〈一場雨，在我心中下著〉，並置對照來看，我們就會悟解到肆虐的言談風暴必然會導致悲劇的發生；詩人雖採用隱喻式的技巧來處理這一陣子的風暴事件，可其勇氣仍屬可嘉。

---

[17] 《趕在風雨之前》，頁 76-77。

　　傳承得的第三本詩集《有夢如刀》收輯的是他在一九八八～一九九四年中間寫成的一百一十四首詩，除了最後一首頗有後現代拼貼意味之外，其他一百一十三首都寫得極短，最長的只有二十五行，最短的四行，大都是八行和十行，看似日本的俳句或泰戈爾、冰心所極力提倡的小詩，可其創作方式卻又不像小詩那麼重視詩的意在言外，或可以「抒情小詩」[18]標籤之。傳承得自一九八二年服務於吉隆坡中華中學起（一九九七年以副校長的資歷去職），由於教學及行政工作繁忙，故自一九八七～八八年間開始推展出上提這種短小精悍的抒情小詩形式，一來以求突破時間的限制，二來以求自我開拓、突破[19]，而李瑞騰則從內在證據著手，強調《有夢如刀》的抒情小詩形式可追溯到《哭城傳奇》裡的〈蓮花魂〉和〈可憐身是眼中人〉等，以及《趕在風雨之前》裡的〈捫心〉、〈因果〉和〈木芙蓉〉等[20]，這當然也是合理的推溯。我覺得《趕在風雨之前》裡的〈曇花〉和〈變化〉等數首蠻像俳句的，他後來捨棄俳句而推研出上四或五、下四或五這樣的兩節式，而且採取直掏心臆的手法，這未嘗不是他的招牌式／技法，比聽《趕在風雨之前》的激昂，《有夢如刀》的小詩是抑制多了。由於常跟游川和小曼酬唱，他們有些地方有相

---

[18] 李瑞騰用「抒情小詩」來探討傳承得的短詩風格，見〈歌在黃金之邦——馬華詩人傳承得〉，《第三屆現代詩學術會議論文集》（彰化：彰師大國文系，1997），頁199。

[19] 記得一九八八年前後，我有機緣赴吉隆坡，有一次曾跟傳承得談到他當時的創作境況，這兩個緣由都是詩人親自說的。

[20] 〈歌在黃金之邦〉，頁194-199。

互觀摩、影響的痕跡在。

　　像在台灣是經由夏宇、羅智成、楊澤、陳克華和林燿德等鼓吹並且身體力行創作，後現代已隱然形成一股風潮在流動著；在大馬文壇，經由我和陳強華、小點和黃錦樹等的鼓吹和實踐，後現代亦已成為可資借鑑模擬的風尚。我希望馬華文學史能從宰執／典範的興替加以改寫。

[1997]

擅長敘事策略的詩人
——論陳大為《治洪前書》和《再鴻門》

　　陳大為是馬華六字輩中極為特出的一位詩人，他抒／書寫、改寫、重構歷史，歷史不管離得多麼久遠，在他生花妙筆一揮，它們都變成極有生命力的篇章；他不僅長篇敘事詩寫得生動，連短篇抒情寫景詩也寫得極為敘事，讀者可能萬萬想不到，這位敘事高手是在大學二年級時才開始寫詩的。這幾年來，陳大為的詩屢屢獲獎，並不時出現在港、台、星、馬，甚至中國大陸的詩刊雜誌上。一九九四年，他獲得台灣國家文藝基金會的獎助出版了處女作《治洪前書》，一九九七年再獲台灣文化建設委員會獎助出版其第二本詩集《再鴻門》。這兩本集子的書名已告訴我們，他對歷史與情節似乎有一份特別的嗜好。任何讀者只要拜讀過他的一兩首詩作，就會感覺到詩人的創作方針一直是「以古喻今」，可其手法跟一般詩人並不一樣，他常常能入乎其內並出乎其外，經過

一番重組與解構過程，結果他寫出的當然已對歷史做了改寫以及再詮釋。

記得四年多以前，我在給《幼獅文藝》的《文壇新秀》專欄評介台灣的年輕作家時，陳大為曾寄給我一篇有關項羽和劉邦逐鹿中原的現代詩，我當時曾研讀再三，後來還是退還給他。這首詩我當時無從評騭的關鍵是：作者野心太大，詩中的聲音大約有三、四個，相互抵觸，也就是他還找不到一個統馭的敘事觀點／聲音來把它們聯繫起來。數年之後我們發現，這幾年來陳大為不僅在新、馬、台灣連連獲得詩歌、散文競賽的大獎，同時也獲得中國大陸新世紀杯全國詩歌大獎賽和南潯杯全國散文大獎賽等大獎，但是最重要的應是他的兩本詩集都獲得台灣國家文藝基金會的獎助出版，這可是相當大的一個榮耀。陳大為並未由於我退還他的歷史詩而改弦易轍；相反地，他再接再勵，不斷嘗試改進，終至嶄露頭角，成為後新生代中一顆耀眼的星星。而且我發覺，他把當年有關楚霸王的素材改寫成了〈風雲〉（收錄在《治洪前書》，頁 20-30）和〈再鴻門〉（收錄在《再鴻門》，頁 32-36）；換言之，他的喻依（vehicle）終於找到了恰當的喻旨（tenor）。

陳大為根本沒有寫過三、五行到整十行以內的所謂的小詩，其著力點大都擺在雜糅抒情與敘事於一體的文類上，中型詩篇與長詩兼具，這應是其註冊商標。為了獲得較具體／象的佐證，我們還是先引〈風雲〉第一段如下：

> 為了尋找雷生長的原鄉
> 我翻越一行行夜讀的線裝

　　火追蹤著汗　光在雕塑

　　栩栩秦俑的戰甲

　　神經往史公的情感伸探

　　我全力引發一次

　　虛構的逼真墨融

　　文字融成雷葬身的現場……　　（《治洪前書》頁 20）

這一節具體描述陳大為讀史，並重新融鑄歷史的精采過程，生動
而深入，氣象恢宏，故他常能讀出前所未有的意義來；把讀歷史
比喻為發動一次大戰役，步步進逼，終於把這個宏大雷屬的能源
／靈感溶解掉，這種比喻、隱喻不能不說慘烈。我由陳讀史看出
其創作過程及雄心，主要係系為弘揚其用心，亦在讀出其詩篇的
特色：氣象恢宏，這首〈風雲〉固然是這樣，其他「以古喻今」
的長詩大都包蘊此一特色。就這首〈風雲〉而言，「我」慢慢切入
到做為「你」的項羽的心境動作裡，從第二段第一節的夜色西斜，
「我化作那滔滔江水逼近／你塔一樣的持劍倒影」（頁 20）起，
至楚霸王大喊一聲「我不想渡江！」一直到：

　　你悲壯影像呈半透明

　　內臟喊著疲倦的暗語

　　歷史的脈搏頓挫得很屬害

　　你是我體內的巨鯨再翻騰

　　風雲在此倒帶：　　（頁 21）

我們看到詩人與歷史素材的融契，有實有虛，有投入也有清醒的
拉開，把兩軍對決的風湧雲動、鴻門宴上的較勁以及霸王內心的

掙扎都呈現出來。當然，楚漢風雲早已落幕兩千多年，而項羽的
「曠厚心房」一直令後人慨歎不已，在讀陳大為這篇歷史重構中，
他的意圖──「我自薦為霸王劍」（頁30），以及閱讀動作的過程
才是值得我們重視的；楚霸王的氣概可為其創作的隱喻，而其粗
獷亦得為吾人創作過程的殷鑒；另一方面，包括戲劇獨白在內的
各種敘事詩體，其多聲多語並不足以構成一種弊病，關鍵在於要
有一個統馭的觀點。當然，我們也意識到，台灣新生代詩人中像
林則良者，在詩中隨意轉變人稱格，「你」、「我」、「他」甚至「一
個陌生人」都可以用來指稱一個人，這當然是後現代主義所呈現
的一種精神分裂症的折射。我總覺得，在敘事見長的詩篇中，詳
細交代人稱的轉移仍應是一種美德。

　　除了〈風雲〉之外，《治洪前書》中的〈治洪前書〉和〈髑髏
物語〉都寫得不錯，不過坦白說，在陳的第一本詩集裡，他雖頻
頻出擊，希望突破創作的一些窠臼，可是在意象、意境的營構上
常常不夠鮮明，文字所達致的順暢感亦常顯得不足。近日陳大為
曾提醒我再仔細看他第二本詩集中的篇什，或是處女詩集中再經
梳理過的文本；這顯然表示他已注意到創作階段性的局限和困
厄。還是先說〈治洪前書〉這首書名詩吧。陳大為似乎對歷史的
偏執──惟有成者為英雄──感到不滿，他在本詩第三節借助魚
的口吻抗議：

　　……歷史的芒鞋，專心踏著──唯禹

　　獨尊的跫音；或者基石本身，就該

　　湮埋，仿佛不曾扎實過任何工程？　（頁43）

這三行已非我一再強調的敘事，而是對歷史的抗議；他的意圖很明顯是要做翻案文章，為鯀在治洪工程上所奠下的基礎說公道話，這一點他在第五節表明得更清楚：他要「逼近神話未經修飾，多苔的內殼，看鯀那鏢槍樣的眼神如何串連眾水族的歧見，悲痛著每一具沉溺！」（頁44），然後逼使「未知的相繼出土，歷史將痊癒多疤的面龐。〈髑髏物語〉寫的是另一種歷史——個人的夢幻史，這個在雨中邂逅髑髏的敘事者可以是詩人的替身，也可能是莊周。詩中的意旨是，人在夢幻中、在死亡的枕鋪上可獲致「無與倫比的自由快活」。為了呈現、彰顯這種溫適、虛幻的境界，詩人特別在第五段把生命窘促、尷尬、桎梏的境況拓出，叫人深切瞭解到生存「盡是自虐的鏡鏈」。

陳大為不僅在讀線裝書時拆解重構歷史事件和情節，亦能在深入體會後利用歷史事件來隱喻、抨擊當今社會現象。《七首系列》（《治洪前書》）裡的〈封禪〉明顯是在抨擊華人社會求神問卜求籤的現象，而第三首〈西來〉則非議中國人迷信西方（歐陸及天竺）的一切硬軟體學問（包括禮佛、抽鴉片、崇尚現當代的文評術語等），第六首〈壯士〉所訴說的是「毛匪與蔣公重逢於眷村村口」（頁91）的悲情。在我詳細對比了陳大為的第一本和第二本集子之後，我發覺重構及重新詮釋歷史似乎是其所長，這跟他較擅長於敘事書寫應有關聯。在此觀照底下，我發覺竟連輯入《再鴻門》卷二中那些寫鄉土現實的篇章，如〈油燈不暗〉、〈茶室很近〉和〈童年村口〉等等俱都包蘊著小小的歷史情節與情懷。換言之，陳大為似乎天生就是屬於愛說故事型的人。然而，

我們也得在此指出，詩歌文本畢竟不能純為敘事（長篇敘事或史詩等當為例外，在此不贅），中短篇尤得注意到意象的捕捉、意境的經營，在這時候，節奏的明快紆緩、意象群的鮮明或晦澀，在在都會影響到整體效果的獲致。

在第二本詩集《再鴻門》卷一，最傑出的幾首長詩應是〈甲必丹〉、〈茶樓〉、〈會館〉、〈海圖〉和〈再鴻門〉。先說〈再鴻門〉這首書名詩，詩名中點出的「再」已清楚突顯了詩人「再」詮釋、「再」閱讀鴻門宴這齣歷史劇的位置。詩人把詩分為三段，第一段寫「在鴻門」時，即經由閱讀「你不自覺走進司馬遷的設定」（指「大敘述」以及「立場」，《再鴻門》頁33），第二段寫「再鴻門」，亦即寫司馬遷的虛構與詮釋——「歷史也是一則手寫的故事、／一串舊文字，任我詮釋任我組織」（頁34），第三段寫「不再鴻門」，亦即詩人「從兩翼顛覆內外夾攻」（頁36）[1]。我這種分析意在暴露詩人所採取的一些後結構、後設式的書寫策略；他不僅把吾人閱讀及史遷虛構再現鴻門宴的過程暴露出來，也同時寫出了他顛覆典範文本的意圖來，這可看作是後現代創作的一次精采演義。

跟〈再鴻門〉一樣，〈甲必丹〉亦以後設思維的模式來書寫甲必丹葉亞來的歷史與傳奇，兩者雜糅在一起，叫人讀起來似幻似

---

[1] 吳潛誠認為〈再鴻門〉同時指涉（一）發生「在」鴻門的事件（真實），（二）史遷「再」現鴻門宴（虛構），（三）作者當今不「再」複述典範化的鴻門宴敘述（顛覆），這個說法很有見地，見《再鴻門》，頁129。

真，詩人企圖顛覆歷史的意圖亦昭然若揭。這首詩的創作策略跟
〈再鴻門〉有類似之處，即先從詩人的閱讀經驗（這次加上夢幻）
而走進歷史主的世界中，然後是第二和第三段中歷史與傳奇的雜
糅，詩人用了整十個禽獸的意象，並且提到葉亞來「把娼樓煙館
端上圓桌」（頁11），顯然是要袪除歷史主神話外衣的做法。最後
兩段提到歷史「課本把所有的建設都算進來」（頁12），這未免神
乎其神；事實上，掩藏在刪節號後頭「當年他輸光盤纏的狼狽嘴
臉」（頁13），以及他玩弄政治魔法致富的種種劣跡（這些傳奇部
分），這些歷史常都略去不提。我們覺得，在這首以歷史人物為篇
的詩中，作者不僅要澄清環繞著葉亞來周邊神秘的氛圍，還其作
為「人」的面貌，而且似乎在揭示一個作為英國統治工具的被殖
民者如何狐假虎威「以兇狠的鐵腕蹂躪自己的同胞；長袖善舞，
周旋於殖民主的身邊，又是一幅陰柔馴服的模樣，這些人無疑的
正是鑄造帝國霸業美夢的共犯」（陳長房，頁132）。

　　〈茶樓〉對歷史素材的處理跟〈甲必丹〉亦有相似之處：〈甲
必丹〉企圖再現十九世紀下半葉大英帝國殖民馬來半島的情境，
而〈茶樓〉企圖再現的是殖民地境內華人的生活面貌——以舊街
場的一棟茶樓為其縮影。如果說〈甲必丹〉為十九世紀末的一個
大敘述，那麼〈茶樓〉則是這個大敘述中的某個橫切面，這個橫
切面雖然不一定有大敘述那種史詩的龐沛，可卻更能折射出南洋
低下階層的實際情境。茶樓是許多市鎮必有的一景，在這裡彙集
了各個階層的人物和方言，陳大為就是在這樣的考慮下以歷史變
化為經線，並以華人在茶樓裡的活動為緯線，交織烘托出歷史的

真實與虛構來。〈茶樓〉第一段「鐵觀音」速寫昏睡中的南洋，你看到茶樓門梁上掛的巨大匾額，茶樓「裡頭是一壺鐵觀音的紫砂城池」（頁 14），綁著辮子的殖民地人民圍著剛出爐的《叻報》，一邊閱讀宣統皇帝窩囊的詔書，一邊抱頭大哭。第二段「舊粵曲」見證的歷史變遷更快，從一九五七年馬來亞聯邦獨立到一九八八年的可樂、肯德基與麥當勞瓜分了青少年的食欲，另一種殖民似乎隱隱然在成形中。這時候，「沒有誰再關心粵曲，只知道十大歌星／只呼吸經歐美殖民的空氣」（頁 17）。最後一段「樓消瘦」寫到了一九九六年的某個陰天：

> 茶樓消瘦，十足一座草蝕的龍墳
>
> 白蟻餓餓地行軍，飛蠅低空盤踞　　（頁 18）
>
> ‥‥‥‥‥‥‥‥‥
>
> 百年的野史沼澤在巷裡兀自冷清
>
> 茶樓說她在下一行打烊　　（頁 19）

這首詩敘述歷史的快速挺進叫人怵目驚心，為了豐腴敘述體，作者還特別祭出他的舅公為茶樓的掌櫃、他表舅撐了幾盞小燈在「權當夕陽」（頁 18）；當然，他們也是這棟茶樓的最佳見證者。

　　同樣地，陳大為在〈會館〉和〈海圖〉這兩首長詩中亦採取歷史的敘事策略，前者書寫大馬某一個廣西會館的興衰史，見證者包括了曾祖父、父親和我，後者刻劃一幅討海者的生活之歌，詩中「我」的畫幅常跟敘事者「你」的敘舊起扞格，顯現藝術的想像與生活的波浪往往無法完完全全契合。前者在敘事中雖然不乏勾劃一兩筆積極的前景（如「整棟新蓋的廣西」，頁 23），可

是最後提到「南洋已淪為兩個十五級仿宋鉛字／會館瘦成三行蟹行的馬來文地址……」（頁 26）讀後仍令人深感歷史的蒼茫。比較而言，後者描畫的似乎積極多了，最後一行尤其是積極的佐證：「我會把你深深地畫入海圖左下方。」（頁 61）

　　總之，陳大為像台灣其他一些新生代一樣，不願亦步亦趨前賢的創作窠臼，企圖有所作為有所突破；我在最近完成的一篇論文中提到，這批包括陳大為、林則良和林群盛在內的，整十位三十歲以內的詩人，他們的詩展現了兩個特色：小詩化和長篇敘事化。假使在八十年代中期後現代主義登臨台灣現代詩壇之後，台灣現代詩壇還有什麼跟前面幾個年代有所不同的話，那就是這兩種特色了（後結構思維亦應是一特色，暫時不贅）。我在那篇文章中亦給長篇敘事詩的突現文壇做了某種推測[2]。陳大為中長篇詩章所展現的敘事傾向以及對歷史的嗜好已成為他的招牌了，這當然是一條值得一輩子以赴的大道，但我也企盼他同時多樣化題材、視野與思維，以期開拓更大的疆域。

引文書目：

吳潛誠：〈進行顛覆，寫下異議——〈再鴻門〉評審意見〉，收入《再鴻門》，
　　頁 129-130。

---

[2]　參見拙作〈跨世紀的星群——新生代詩人論〉，《國文天地》141 期（1997），
頁 62-77。

陳大為：《治洪前書》，台北：詩之華出版社，1994。

陳大為：《再鴻門》，台北：文史哲出版社，1997。

陳長房：〈歷史刀章削出的英雄？──〈甲必丹〉評審意見〉，收入《再鴻門》，頁 131-133。

陳鵬翔：〈跨世紀的星群──新生代詩人論〉，《國文天地》141 期（1997），頁 62 -77。

[1997]

本卷作者簡介

　　陳鵬翔，國家文學博士（比較文學）。自台師大英語系教授職退休，現為佛光大學外語系榮譽教授。在大馬時，曾在吉打州居林和友朋創辦海天書局與海天月刊；在台北市念大學和研究時，曾與友人創辦星座詩社、噴泉詩社和大地詩社，並合編《現代文學》。長期勤奮寫作，著有詩集《多角城》、《雲想與山茶》、《我想像一頭駱駝》（2003）和《在史坦利公園》（2008），散文評論集《板歌》，文學評論集《文學創作與神思》和學術論著《主題理論與實踐》（2001）和《文化/文學的實踐》（2018）。編著有《主題學研究論文》（第二版，2004 年）、*Feminism / Femininity in Chinese Literature*（Rodopi, 2004）和 *Cultural Identity in the Age of Globalization*（Edmonton, 2010）；合編有《比較文學的墾拓在台灣》、《從比較神話到文學》、《文學、史學、哲學》、《從影響研究到中國文學》和《二度和諧：施友忠教授紀念文集》（2002 年）等。中英文學術論文約一百篇，散見於國內外權威學報及雜誌。